Isaac Asimov

Lucky Starr auf den Jupitermonden

Science Fiction-Roman

BASTEI LÜBBE

BASTEI-LÜBBE-TASCHENBUCH
Science Fiction Action
Band 21 147

1. Auflage: Dezember 1981
2. Auflage: Januar 1982

Deutsche Lizenzausgabe 1981
Bastei-Verlag Gustav H. Lübbe, Bergisch Gladbach
Originaltitel: Lucky Starr and the Moons of Jupiter
Ins Deutsche übertragen von Ekkehart Reinke
Titelillustration: Peter Elson/Sarah Brown Agency
Umschlaggestaltung: Quadro-Grafik, Bensberg
Druck und Verarbeitung:
Mohndruck Graphische Betriebe GmbH, Gütersloh
Printed in Western Germany
ISBN 3-404-21147-2

I

GEFAHR AUF JUPITER 9

Jupiter zeigte sich als fast vollkommener Kreis sahnigen Lichts, halb so groß wie der Mond von der Erde aus gesehen, aber nur ein Siebentel so hell. Das machte die weite Entfernung von der Sonne. Dennoch bot er einen schönen, einducksvollen Anblick.

Lucky Starr betrachtete ihn nachdenklich. Im Kontrollraum brannte kein Licht. Im matten Schimmer des Jupiter, der mitten im Bildschirm stand, waren Lucky und sein Gefährte nur schattenhaft zu erkennen. »Wenn Jupiter hohl wäre«, sagte Lucky zu Bigman, »könnte er 1300 Planeten von der Größe der Erde aufnehmen und wäre immer noch nicht ganz voll. Er ist schwerer als alle anderen Planeten zusammen.«

John Bigman Jones, der auf die Anrede Bigman größten Wert legte, aber nur ein Meter 55 maß, wenn er sich ein bißchen reckte, war gegen alles eingestellt, was groß war, mit Ausnahme von Lucky. »Und was haben wir davon?« fragte er. »Man darf nicht in seine Nähe kommen, geschweige denn auf ihm landen.«

»Vielleicht werden wir wirklich nie auf Jupiter landen«, sagte Lucky, »aber sobald die Antigrav-Schiffe fertig sind, wird nicht mehr viel an einer Landung fehlen.«

»Dazu werden sie uns brauchen«, sagte Bigman und schnitt im Halbdunkel eine Grimasse, »sonst sind die Sirianer eher da.«

»Abwarten, Bigman!«

Bigman schlug ungeduldig mit der kleinen Faust in die

linke Handfläche. »Bei den Sanddünen des Mars, Lucky, wie lange sollen wir hier noch warten?«

Sie befanden sich an Bord von Luckys Schiff, der *Shooting Starr,* in einer Umlaufbahn um Jupiter. Die Geschwindigkeit hatten sie der von Jupiter 9 angepaßt, dem äußersten Mond des Riesenplaneten.

Der Trabant hing scheinbar bewegungslos in einer Entfernung von 1600 Kilometern zur Oberfläche im Raum. Sein offizieller Name war Adrastea, aber abgesehen von dem innersten und größten waren Jupiters Monde besser unter ihren Nummern bekannt. Der Durchmesser von Jupiter 9 betrug nur 143 Kilometer. Er war kaum mehr als ein Asteroid, aber er sah von hier größer als der 24 Millionen Kilometer entfernte Jupiter aus. Eine unregelmäßig geformte Gesteinsmasse, grau und abstoßend im schwachen Sonnenlicht. Aber Lucky und Bigman waren solchen Anblick vom Asteroidengürtel her gewöhnt, wo sie hundert ähnliche Himmelskörper gesehen hatten.

Und doch war Jupiter 9 etwas Besonderes. Denn unter seiner Oberfläche arbeiteten tausend Menschen mit einem Kostenaufwand von Milliarden von Dollars am Bau von Raumschiffen, die nicht mehr den Gesetzen der Schwerkraft unterlagen.

Lucky ließ den Blick nicht von Jupiter. Selbst aus dieser Entfernung – drei Fünftel des Abstands zwischen Venus und Erde zur Zeit ihrer größten Annäherung – konnte man mit bloßem Auge auf der Scheibe des Jupiter die verschieden gefärbten Zonen unterscheiden. Es waren ein helles Rosa und ein Grünblau, die so wirkten, als habe ein Kind die Finger in Wasserfarbe getaucht und auf dem Planeten verschmiert.

Bei diesem wunderschönen Anblick hätte Lucky fast

Jupiters Gefährlichkeit vergessen. Mit erhobener Stimme wiederholte Bigman seine Frage: »He, Lucky, wie lange müssen wir hier noch warten?«

»Das weißt du doch, Bigman. Bis Commander Donahue uns abholt!«

»Das weiß ich. Aber warum müssen wir überhaupt auf ihn warten?«

»Weil er es so will.«

»Ach ja? Für was hält sich denn der Kerl?«

»Er ist Chef des Antigrav-Projekts«, antwortete Lucky geduldig.

»Trotzdem brauchst du dich nicht von ihm rumkommandieren zu lassen.«

Bigman hatte höchsten Respekt vor Luckys Rang. Als Vollmitglied des Wissenschaftsrats, jener verdienstvollen Organisation, die uneigennützig gegen die Feinde der Erde innerhalb und außerhalb des Sonnensystems kämpfte, konnte Lucky auch gegen hochgestellte Persönlichkeiten seinen Standpunkt durchsetzen.

Aber im Augenblick wollte Lucky das nicht. Jupiters Gefahren waren allgemein bekannt. Er war ein giftiger Planet von unerträglicher Schwerkraft. Aber die Lage auf Jupiter 9 war noch gefährlicher, weil Lucky nichts Genaues über ihn wußte. Und bis sich das änderte, wollte Lucky äußerste Vorsicht walten lassen.

»Nur Geduld, Bigman!« mahnte er.

Bigman schaltete murrend die Lampen an. »Wir wollen doch nicht den ganzen Tag nur den Jupiter angaffen, oder?«

Er ging zu dem kleinen Lebewesen von der Venus hinüber, das in seinem Aquarium in einer Ecke der Pilotenkanzel auf und ab hüpfte. Fast zärtlich sah er ihm zu, den breiten Mund zu einem vergnügten Lächeln verzogen. Der V-Frosch stimmte Bigman immer fröhlich – ja, eigentlich jeden Menschen.

Der V-Frosch lebte in den Ozeanen der Venus*, ein kleines Wesen, das manchmal nur aus Augen und Beinen zu bestehen schien. Er war grün, froschähnlich und nur 15 Zentimeter lang. Die großen Augen quollen aus dem Kopf und ähnelten schimmernden Brombeeren. Der scharfe, stark gebogene Schnabel öffnete und schloß sich in unregelmäßigen Abständen. Im Augenblick hatte er seine sechs Beine eingezogen und saß auf dem Boden des Aquariums. Aber als Bigman gegen die Oberseite klopfte, entfalteten sie sich wie Zollstöcke und wurden zu langen Stelzen.

Es war ein häßliches, kleines Ding, aber Bigman hatte es gern. So ging es jedem. Dem V-Frosch konnte niemand widerstehen.

Sorgfältig prüfte Bigman den Zylinder, der das Wasser für den V-Frosch mit Kohlenstoffdioxyd anreicherte, und vergewisserte sich, daß die Wassertemperatur bei 35 Grad lag. (Über den warmen Meeren der Venus lag nämlich eine Stickstoff- und Kohlenstoffdioxydatmosphäre, die natürlich auch das Wasser anreicherte. Freier Sauerstoff, wie es ihn auf der Venus nur in den von Menschen bewohnten Kuppelbauten am Grunde der seichten Meere gab, hätte dem V-Frosch das Leben sehr ungemütlich gemacht.)

»Glaubst du, daß er genügend zu fressen hat?« fragte Bigman. Und als hätte der V-Frosch die Bemerkung gehört, öffnete sich sein Schnabel. Er biß eine grüne Ranke des Venuskrauts ab, das auf dem

* Siehe Science Fiction Action 21 143: »Lucky Starr auf der Venus«

Boden des Aquariums wuchs, und begann langsam zu kauen.

»Bis wir auf Jupiter 9 landen, reicht es«, sagte Lucky. Dann schauten beide Männer auf, als das Krächzen des Funksignals ertönte.

Lucky betätigte einige Schalter, und auf dem Bildschirm erschien das ernste Gesicht eines älteren Mannes.

»Donahue hier«, sagte eine energische Stimme.

»Ja, Commander«, meldete sich Lucky. »Wir haben Sie erwartet.«

»Dann machen Sie die Schleusen für das Andocken klar!«

Im Gesicht des Commanders stand – klar und unübersehbar wie mit Riesenlettern – Sorge, Sorge und Beunruhigung.

Lucky hatte in den vergangenen Wochen so manches sorgenvolle Männergesicht zu sehen bekommen. So zum Beispiel bei Hector Conway, dem Vorsitzenden des Wissenschaftsrates. Lucky war für ihn fast wie ein Sohn, und der Ältere sah keinen Grund, ihm seine Sorgen zu verhehlen.

Conways rosiges, gewöhnlich selbstsicheres und freundliches Gesicht mit dem Schopf weißer Haare sah tiefbekümmert aus, als er Lucky zu sich rief. »Ich wollte schon seit Monaten mit dir sprechen.«

»Gibt es Schwierigkeiten?« fragte Lucky ruhig. Er war vor einem knappen Monat vom Merkur zurückgekehrt und hatte sich seitdem meist in seinem New Yorker Apartment aufgehalten. »Du hast ja nicht angerufen.«

»Ich wollte deinen wohlverdienten Urlaub nicht stören«, sagte Conway mit rauher Stimme. »Ich wünschte, ich brauchte es auch jetzt noch nicht.«

»Was ist los, Onkel Hector?«

Der Blick der alten Augen des Ratsvorsitzenden bohrte sich in die ruhigen, braunen Augen des großen, geschmeidigen jungen Mannes, als suchten sie dort Trost. »Sirius!« sagte er dumpf.

Lucky war sofort hellwach. Wollte der große Feind endlich angreifen?

Vor Jahrhunderten hatten Expeditionen von der Erde im Stil kühner Pioniere die Planeten der nächsten Sonnen kolonisiert. Auf diesen Welten außerhalb des Sonnensystems hatten sich neue Gesellschaftsformen entwickelt. Unabhängige Staaten, die sich kaum noch ihrer Abstammung von der Erde erinnerten.

Die ältesten und stärksten dieser Staaten entstanden auf den Planeten Sirius. Eine weit fortgeschrittene Technologie konnte sich schier unerschöpflicher Bodenschätze bedienen. Es war kein Geheimnis, daß die Sirianer in ihrem Glauben, die Elite der Menschheit zu sein, die Absicht hatten, eines Tages alle Menschen überall in der Welt zu beherrschen. Und deshalb sahen sie die Erde, ihre alte Mutterwelt, als ihren größten Feind an.

In der Vergangenheit hatten sie die Feinde der Erde im Sonnensystem kräftig unterstützt, aber noch keine offene Kriegshandlung gewagt.*

Und jetzt?

»Was ist mit Sirius?« fragte Lucky.

Conway lehnte sich zurück. Seine Finger trommelten leicht auf den Tisch. »Sirius wird mit jedem Jahr stärker«, sagte er. »Wir wissen das. Aber seine Planeten sind unterbevölkert. Sie haben nur ein paar Millionen Einwohner. In unserem Sonnensystem wohnen immer noch

* Siehe Science Fiction Action 21 141: »Lucky Starr im Asteroidengürtel«

mehr Menschen als in der ganzen übrigen Milchstraße zusammen. Wir besitzen mehr Raumschiffe und haben mehr Wissenschaftler. Noch sind wir ihnen überlegen. Aber, beim heiligen Weltraum, wir werden den Vorsprung nicht mehr lange halten, wenn sich die Dinge weiter so entwickeln.«

»Und wie kommt das?«

»Durch sirianische Spionage. Der Rat ist im Besitz sicherer Beweise dafür, daß der Sirius über den neuesten Stand unserer Antigrav-Forschung informiert ist.«

»Was?!« Lucky erschrak heftig. Das Antigrav-Projekt war eins der geheimsten. Einer der Gründe, warum man den Bau der Raumschiffe auf einen äußeren Jupitermond verlegt hatte, war der Wunsch nach bestmöglicher Geheimhaltung gewesen. »Große Galaxis, wie konnte das geschehen?«

Conway lächelte bitter. »Das ist ja die Frage! Wie konnte das geschehen? Sie erfahren die allerneuesten Forschungsergebnisse, aber wir wissen nicht, auf welche Weise. Wir haben versucht, die wichtigen Daten in jeder Art zu schützen. Niemand arbeitet an dem Projekt, der nicht aufs schärfste durchgeprüft wurde. Wir trafen alle erdenklichen Vorsichtsmaßnahmen. Aber die Spionage ging weiter. Einschließlich des falschen Spielmaterials, das wir absichtlich einschleusten. Das hat unsere Spionageabwehr einwandfrei festgestellt. Wir haben Daten unter den peinlichsten Sicherheitsmaßnahmen eingegeben, und doch wurden sie auf dem Sirius bekannt.«

»Was verstehst du unter peinlichsten Sicherheitsmaßnahmen?«

»Wir filterten sie so, daß niemand über den Gesamtstand des Programms informiert war. Nicht einmal, wenn sechs Leute zusammenarbeiteten, konnten sie sich einen vollständigen Überblick verschaffen. Und trotzdem erfuhr man auf dem Sirius alles. Das würde bedeuten, daß sehr viele Beteiligte, gemeinsam operierend, Spionage betreiben, und so etwas ist einfach undenkbar.«

»Oder daß doch ein Einzelner Zugang zu allen Daten hat«, warf Lucky ein.

»Das ist genauso unmöglich. Es muß irgendeine neue Methode geben. Sind dir die Konsequenzen klar? Wenn es dem Sirius neuerdings möglich ist, unsere Gedanken zu lesen, ist unsere ganze Sicherheit gefährdet. Wir können dann kein funktionierendes Verteidigungssystem mehr gegen ihn aufbauen. Wir könnten nicht einmal mehr Pläne gegen ihn entwerfen, ohne daß sie sofort davon erfahren.«

»Einen Augenblick, Onkel Hector! Große Galaxis, überleg doch mal, was du da sagst! Sie lesen unsere Gedanken? Wie soll man das verstehen?« Lucky sah den älteren Mann eindringlich an.

Der Vorsitzende des Rates errötete. »Beim heiligen Weltraum, Lucky, ich bin am Verzweifeln. Ich sehe keine andere Möglichkeit, als daß die Sirianer eine Art von Gedankenlesen, von Telepathie entwickelt haben.«

»Du scheinst dich dieser Überlegung zu schämen. Warum? Ich setze voraus, daß Telepathie möglich ist. Zumindest kennen wir doch eine funktionierende Methode. Die V-Frösche von der Venus.«

»Ganz recht«, sagte Conway. »Ich habe selber schon daran gedacht. Aber sie haben ja keine V-Frösche! Ich kenne die Erkenntnisse der V-Frosch-Forschung. Man braucht Tausende von V-Fröschen dazu. Und sie müssen gemeinsam dazu beitragen, um Gedankenlesen möglich zu machen. Aber die Haltung von mehreren tausend V-

Fröschen außerhalb der Venus bringt fast unüberwindliche Schwierigkeiten mit sich und wäre leicht zu entdekken. Ohne V-Frösche ist Telepathie ein Ding der Unmöglichkeit.«

»Ein Ding der Unmöglichkeit nach unserem bisherigen Wissensstand«, erinnerte Lucky ruhig. »Aber vielleicht sind uns die Sirianer auf dem Gebiet der Telepathie weit voraus.«

»Ohne V-Frösche?«

»Ja, auch ohne V-Frösche.«

»Das glaube ich nicht!« rief Conway heftig. »Ich kann nicht glauben, daß die Sirianer ein Problem gelöst haben, an dessen Bewältigung der Wissenschaftsrat völlig scheiterte.«

Lucky war fast geneigt, den Stolz des alten Mannes auf seine Organisation zu belächeln. Aber es steckte mehr als Stolz hinter seiner Haltung. Der Wissenschaftsrat vereinigte in seinen Reihen den größten Zusammenschluß intellektueller Fähigkeiten der gesamten Milchstraße. Seit einem vollen Jahrhundert hatte es keine bedeutende wissenschaftliche Errungenschaft gegeben, die ihren Ursprung nicht in ihm gehabt hätte.

Dennoch konnte es sich Lucky nicht versagen, Conway einen kleinen Seitenhieb zu versetzen. Er sagte: »In Robotik sind sie uns voraus.«

»Grundsätzlich nicht«, gab Conway sofort zurück. »Nur in den Anwendungsformen. Erdmenschen erfanden das Positronengehirn, das den modernen Maschinenmenschen überhaupt erst möglich machte. Vergiß das nicht! Der Erde gebührt das Verdienst der gesamten Grundlagenforschung. Auf dem Sirius baut man nur mehr Roboter als auf der Erde und«, er zögerte, »hat dabei einige technische Einzelheiten verbessert.«

»Was ich auf Merkur höchst unangenehm erfuhr«, sagte Lucky grimmig.*

»Ja, ich weiß, Lucky. Du warst in einer schrecklichen Klemme.«

»Das ist vorbei. Betrachten wir die aktuelle Lage! Sirius betreibt mit Erfolg Spionage, und wir können ihn nicht daran hindern.«

»Ja.«

»Und das Antigrav-Projekt ist davon am meisten betroffen.«

»Ja.«

»Nun, Onkel Hector, dann ahne ich schon, was du von mir willst. Ich soll zu Jupiter 9 reisen und sehen, ob ich den Sirianern den Spaß verderben kann.«

Conway nickte düster. »Genau darum wollte ich dich bitten. Ich weiß, es ist unfair. Aber ich bin so sehr daran gewöhnt, in dir mein Trumpf-As zu sehen. Den Mann, den ich mit jedem Problem betrauen kann. Bei dem ich sicher sein darf, daß er es lösen wird. Aber was sollst du diesmal ausrichten? Der Rat hat alles versucht. Wir fanden keinen feindlichen Agenten, keine undichte Stelle, ja, nicht einmal eine denkbare Möglichkeit zu spionieren. Wie können wir da von dir neue Aufschlüsse erwarten?«

»Nicht von mir allein. Ich werde Helfer haben.«

»Bigman?« Der Vorsitzende mußte lächeln.

»Nicht ihn allein. Eine Frage! Haben nach deiner Kenntnis die Sirianer Wind von unserer V-Frosch-Forschung auf der Venus bekommen?«

»Nein«, sagte Conway entschieden. »Nach meiner Kenntnis ist das keinem gelungen.«

* Siehe Science Fiction Action Band 21 145: »Lucky Starr und die Merkursonne«

»Dann bitte ich dich, mir einen V-Frosch zuzuteilen.«

»Einen V-Frosch! Einen einzigen V-Frosch?«

»Ganz recht.«

»Aber was soll dir das nutzen? Das Mentalfeld eines einzelnen V-Frosches ist bedauerlich schwach. So wirst du keine Gedanken lesen können.«

»Stimmt. Aber ich könnte vielleicht irgendwo den Hauch einer starken Gefühlswelle aufspüren.«

»Vielleicht ja«, sagte Conway nachdenklich. »Aber was nützt dir das?«

»Ich kann es noch nicht sagen. Aber es bleibt ein Vorteil, gegenüber den früheren Ermittlungen. Das Aufspüren einer unerwarteten Emotion bei irgend jemandem kann mir einen Hinweis liefern, den Verdacht in eine bestimmte Richtung lenken und die Nachforschung in erfolgversprechende Bahnen leiten. Außerdem . . .«

»Ja?«

»Wenn jemand über telepathische Fähigkeiten verfügt, entweder auf natürliche Weise oder durch künstliche Hilfsmittel erworben, könnte es sein, daß ich etwas mehr erfasse, als eine Gefühlswelle. Nämlich einen tatsächlichen Gedanken, einen bestimmten, klaren Gedanken. Und das, bevor der Betreffende fähig ist, seine Gedanken vor mir abzuschirmen. Du verstehst, was ich meine?«

»Er könnte umgekehrt deine Emotionen erfassen.«

»Theoretisch ja. Aber ich gehe ja darauf aus, ich lausche systematisch auf Gefühlswellen. Das tut der andere nicht.«

Conways Augen leuchteten auf. »Es ist eine schwache Hoffnung. Aber beim Weltraum, es ist immerhin eine Hoffnung! Ich besorge dir deinen V-Frosch . . . Aber noch eins, David«, nur in Augenblicken von größter Bedeutung sprach er Lucky bei seinem wahren Vornamen an, »sei dir bitte über den Ernst der Lage im klaren! Wenn wir nicht herausfinden, was die Sirianer treiben, dann haben sie uns wirklich überflügelt. Und das bedeutet: der Krieg steht bevor! Die Frage heißt nur noch: Krieg oder Frieden?«

»Ich weiß«, sagte Lucky leise.

II

DER COMMANDER WIRD WÜTEND

Und so kam es, daß Lucky Starr, der Mann von der Erde, und Bigman, der auf dem Mars geboren und aufgewachsen war*, sich jenseits des Asteroidengürtels in den äußeren Bezirken des Sonnensystems befanden. Und aus demselben Grund begleitete sie ein Wesen von der Venus, beileibe kein Mensch, sondern ein kleines Tier, das Gedanken lesen und Gedanken beeinflussen konnte.

Jetzt warteten sie, 1600 Kilometer über Jupiter 9, darauf, daß eine biegsame Verbindungsröhre zwischen der *Shooting Starr* und dem Schiff des Commanders angebracht wurde. Die Röhre verband die Luftschleusen beider Schiffe miteinander und bildete so einen Übergang, den man ohne Raumanzug benutzen konnte. Von beiden Schiffen strömte Luft herein. Ein weltraumerfahrener Mensch konnte nun, da die Schwerkraft aufgehoben war, mit einem einzigen Abstoßen durch die Röhre gleiten. Dabei brauchte er seinen Körper an den Windungen

* Siehe Science Fiction Action, Band 21 183: »Lucky Starr«

nur mit einem kleinen Ellbogenstoß in die gewünschte Richtung zu lenken.

Als erstes erschienen die Hände des Commander in der Öffnung zur Luftschleuse. Sie packten den Rand, und gleich darauf hüpfte der Commander wie ein Laubfrosch heraus und landete sicher und ohne zu stolpern im künstlichen Schwerkraftfeld der *Shooting Starr* (oder Pseudograv-Feld, wie es gemeinhin bezeichnet wurde). Das Manöver war ausgeführt, und Bigman, der alle Weltraumtechniken zu bewundern pflegte, nickte anerkennend.

»Guten Tag, Ratsmitglied Starr«, sagte Donahue ohne jede Freundlichkeit. Im Weltraum sagte man nicht ›Guten Morgen, guten Abend oder gute Nacht‹, weil es, genau genommen, diese Tageszeiten nicht gab.

»Guten Tag, Commander«, antwortete Lucky. »Unsere Landung auf Jupiter 9 scheint sich zu verspäten. Sind irgendwelche Schwierigkeiten aufgetreten?«

»Schwierigkeiten? Das hängt davon ab, wie man es sieht.« Er schaute sich um und nahm auf einem Pilotensitz Platz. »Ich habe mit dem Hauptquartier des Rats deswegen Verbindung aufgenommen. Aber man sagte mir, ich müsse mit Ihnen persönlich verhandeln. Deshalb bin ich hier.«

Commander Donahue war ein drahtiger Mann, der unter einer inneren Spannung zu stehen schien. Sein Gesicht zeigte tiefe Falten und seine einstmals brünetten Haare waren ergraut. Blaue Adern traten auf seinen Handrücken hervor, und er stieß seine Worte so schnell heraus wie ein Maschinengewehr seine Geschosse.

»Mit mir verhandeln, Sir? Worüber?« fragte Lucky.

»Nur über eine Sache, Ratsmitglied. Ich möchte, daß Sie umkehren und zur Erde zurückreisen.«

»Warum, Sir?«

Der Commander vermied es, Lucky anzusehen, als er erwiderte: »Unsere Männer wurden xmal überprüft, und zwar bis ins letzte. Sowie sich ihre absolute Redlichkeit herausgestellt hatte, begann die nächste Überprüfung. Das geht an die Moral! Sie haben die Nase voll. Ihnen würde es nicht anders ergehen. Meine Männer sind die dauernde Bespitzelung endgültig satt. Und ich stehe in dieser Angelegenheit völlig auf ihrer Seite. Unser Agravschiff geht seiner Vollendung entgegen. Das ist ein denkbar ungeeigneter Zeitpunkt, um sie schon wieder zu belästigen. Sie drohen bereits mit Streik.«

Lucky blieb kühl. »Ihre Männer mögen sich als loyal erwiesen haben. Aber die undichte Stelle besteht weiterhin.«

Donahue zuckte die Achseln. »Dann muß sie woanders sein. Sie muß . . .« Er brach den Satz ab, und als er weitersprach, klang seine Stimme unvermittelt viel freundlicher. »Was ist das denn?«

Bigman folgte seinem Blick und erklärte: »Das ist unser V-Frosch, Commander. Und ich bin Bigman.«

Der Commander achtete kaum auf ihn, sondern näherte sich dem V-Frosch und schaute gebannt in das Aquarium. »Das ist ein Lebewesen von der Venus, nicht wahr?«

»Ganz recht«, sagte Bigman.

»Ich habe schon davon gehört, aber bisher noch nie eins zu Gesicht bekommen. Netter kleiner Hüpfer, wie?«

Lucky empfand so etwas wie ein grimmiges Vergnügen. Ihm kam es durchaus nicht merkwürdig vor, daß der Commander eine ernste und umstrittene Diskussion plötzlich unterbrach, um hingebungsvoll ein kleines Wasserlebewesen von der Venus zu beobachten.

Das Wesen begegnete Donahues Blick mit seinen schwarzen Brombeeraugen, wiegte sich auf den ausziehbaren Beinen und klappte seinen Papageienschnabel mehrmals auf und zu. Seine Überlebenstechnik war im ganzen bekannten Universum einzigartig. Es besaß keine Waffen zur Verteidigung und keinerlei Schutz durch so etwas wie einen noch so dünnen Panzer. Keine Krallen, keine Zähne, keine Hörner. Zwar konnte es zubeißen, aber sein Biß tat keinem Wesen, das größer war, im mindesten weh.

Und doch gedieh es fröhlich auf dem grasbewachsenen Boden der Venusmeere, und keiner der gefräßigen Räuber der Ozeantiefen tat ihm etwas zuleide. Der Grund war einfach: die V-Frösche konnten Gefühle vermitteln. Instinktiv brachten sie alle anderen Lebewesen dazu, sie gern zu haben, ihnen freundschaftliche Gefühle entgegenzubringen und nie den Wunsch zu haben, sie zu verletzen. So überlebten sie. Nein, sie taten mehr. Sie vermehrten sich reichlich.

Im Augenblick erfüllte dieser eine V-Frosch ganz offensichtlich Donahue mit freundschaftlichen Gefühlen. Der alte Soldat deutete mit dem Zeigefinger auf den V-Frosch hinter Glas und bewegte ihn dann nach unten. Mit lachendem Gesicht beobachtete er, wie der V-Frosch den Kopf zur Seite legte, die Beine in den Körper zog und langsam auf den Grund seines Aquariums sank.

»Könnten wir vielleicht ein paar davon für Jupiter 9 bekommen, Starr?« fragte er. »So ein kleines Haustierchen zu haben, wäre wunderbar. Da würde sich mancher schon beinahe wie daheim fühlen.«

»Das ist kaum zu machen«, erklärte Lucky. »Die Haltung von V-Fröschen ist nämlich recht schwierig. Sie müssen ständig in einem mit Kohlenstoffdioxyd angereicherten Wasser leben, wissen Sie. Sauerstoff dagegen wirkt auf sie wie ein leichtes Gift. Das macht die Sache so kompliziert.«

»Meinen Sie, man könne sie nicht in einem offenen Aquarium halten?«

»Das geht eigentlich nur auf der Venus, wo Kohlenstoffdioxyd spottbillig ist und wo man sie jederzeit wieder im Meer aussetzen kann, wenn sie krank zu werden drohen. Im Raumschiff oder auf einem Planeten ohne Atmosphäre kann man ja die Luft nicht ständig mit Kohlenstoffdioxyd anreichern. Deshalb muß man sie dort in einem ringsum abgeschlossenen Aquarium unterbringen.«

»Oh.« Der Commander war sichtlich enttäuscht.

»Um auf unser ursprüngliches Thema zurückzukommen«, sagte Lucky scharf, »ich muß Ihren Vorschlag einer Rückkehr zur Erde ablehnen. Ich habe einen Auftrag, und den führe ich durch.«

Es dauerte ein paar Sekunden, ehe der Commander sich von dem Bann lösen konnte, den der V-Frosch über ihn ausübte. Sein Gesicht verdunkelte sich. »Ich fürchte, Sie mißverstehen die ganze Situation.« Er wandte sich mit einer plötzlichen Bewegung zu Bigman um. »Denken Sie nur zum Beispiel an Ihren Helfer!«

Der kleine Marsbewohner reckte den Kopf und spannte sich. »Ich habe Ihnen bereits einmal gesagt, daß mein Name Bigman ist.«

»Der Name paßt schlecht«, sagte der Commander. »Sie sind wirklich nicht besonders groß.«

Und obwohl Lucky ihm sofort beruhigend die Hand auf die Schulter legte, platzte Bigman nun heraus: »Größe besteht nicht immer nur im Äußerlichen, Mister.

Mein Name ist Bigman, und für Sie und jeden anderen bin und bleibe ich ein großer Mann. Größe wird nicht mit dem Zollstock gemessen. Und wenn Sie mir nicht glauben . . .« Ungeduldig ruckelte er mit der rechten Schulter. »Laß mich los, Lucky, ja? Dieser Kerl hier . . .«

»Warte bitte noch eine Minute, Bigman«, bat Lucky. »Ich möchte den Commander zu Ende anhören.«

Donahue war bei Bigmans plötzlichem Angriff erschrocken zusammengezuckt. Er versuchte zu begütigen: »Ich wollte sie mit meiner Bemerkung nicht beleidigen. Wenn ich Sie gekränkt haben sollte, tut es mir leid.«

»Mich gekränkt?« krähte Bigman schrill. »Mich? Sie müssen eins wissen: ich verliere nie die Ruhe. Und da Sie sich entschuldigt haben, ist die Sache vergessen.« Er zog sich den Gürtel fester und klatschte dann mit beiden Händen laut gegen seine orange- und purpurroten Hüftstiefel, die an seine Vergangenheit als Farmboy auf dem Mars erinnerten und ohne die er sich nie in der Öffentlichkeit zeigte – es sei denn, er vertauschte sie mit einem anderen, ebenso farbenprächtigen Paar.

»Ich will ganz offen zu Ihnen sein, Ratsmitglied.« Damit wandte sich Donahue wieder an Lucky. »Ich habe hier auf Jupiter 9 fast tausend Männer unter mir, und es sind lauter harte Burschen. Andere kann man hier auch nicht gebrauchen. So fern der Heimat und bei so schwerer Arbeit! Sie gehen große Risiken bei ihren Jobs ein. Klar, daß sie ihre eignen Ansichten über das Leben haben, und es sind die Ansichten harter Männer. Um nur ein Beispiel zu nennen: Neuankömmlinge haben es bei ihnen schwer. Sie werden schikaniert und ziemlich hart angefaßt. Viele, die bei uns anfingen, hielten es nicht lange aus und ließen sich wieder zurückschicken. Manche wurden bei derben Streichen sogar verletzt. Wer sich aber durchbiß, der wird allgemein respektiert.«

»Sind diese Methoden offiziell gestattet?« erkundigte sich Lucky.

»Nein. Aber ich drücke ein Auge zu. Man muß die Männer irgendwie bei Laune halten. Wir können es uns nicht erlauben, ihnen ihre groben Scherze zu untersagen. Gute Leute sind hier kaum zu ersetzen. Wer hat denn schon Lust. auf einem Jupitermond zu arbeiten! Außerdem erfüllt die rauhe Behandlung der Neulinge einen nützlichen Zweck. Auf diese Weise trennt sich schnell die Spreu vom Weizen. Deshalb machte ich meine Bemerkung über Ihren Freund.«

Der Commandeur hob zum Zeichen der Versöhnung die Arme. »Bitte, mißverstehen Sie mich nicht! Ich gebe gern zu, daß er innerlich ein Riese ist und unheimlich begabt und alles, was sie wollen. Aber ist er dem gewachsen, was ihn erwartet? Und sind Sie es, Ratsmitglied?«

»Sie meinen das Schikanieren der Neulinge?«

»Es wird verdammt hart, Ratsmitglied«, sagte Donahue. »Die Männer wissen, daß Sie kommen. Irgendwie spricht sich sowas herum.«

»Ja, ich weiß«, murmelte Lucky.

Der Commandeur zog eine Grimasse. »Jedenfalls ist ihnen zu Ohren gekommen, daß Sie erneut mit Ermittlungen beginnen wollen. Sie müssen sich auf einen ungemütlichen Empfang gefaßt machen. Die Männer sind übelgelaunt und werden es Sie entgelten lassen, Ratsmitglied Starr. Ich fordere Sie auf, nicht auf Jupiter 9 zu landen – um des Projektes willen, um meiner Männer willen und zu Ihrem Besten. So, das wär's – ein ehrliches Wort!«

*

Mit Erstaunen sah Bigman, welche Veränderung bei diesen Worten mit Lucky vor sich ging. Sein ruhiger Gleichmut schien dahin. In seinen dunkelbraunen Augen lag eine ungewohnte Härte, und die straffen Züge seines schmalen, hübschen Gesichts drückten etwas aus, das Bigman kaum von ihm kannte: heftigen Zorn. Jeder Muskel in Luckys hochgewachsenem Körper schien gespannt.

»Commander Donahue«, sagte Lucky mit schneidender Stimme, »ich bin Mitglied des Wissenschaftsrats und daher nur dem Ratsvorsitzenden und dem Präsidenten der Föderation des Sonnensystems verantwortlich. Als Ranghöherer kann ich Ihnen bindende Befehle erteilen. Ihre eben ausgesprochene Warnung sehe ich als Beweis Ihrer Unfähigkeit an. Unterbrechen Sie mich bitte nicht! Lassen Sie mich ausreden! Sie haben Ihre Männer offenbar nicht unter Kontrolle. Sie sind also Ihrer Aufgabe nicht gewachsen. Und jetzt merken Sie sich: Ich werde auf Jupiter 9 landen, und ich werde meine Nachforschungen anstellen!«

Lucky machte eine Pause, während der andere nach Luft schnappte und kein Wort herausbrachte. »Haben Sie mich verstanden, Commander?« fragte Lucky scharf.

Das Gesicht des Commanders war verzerrt und kaum wiederzuerkennen. Mit Mühe brachte er eine Antwort zustande. »Das bringe ich vor den Wissenschaftsrat! Ich lasse mir so etwas nicht von irgendeinem arroganten jungen Grünschnabel bieten, sei er nun Ratsmitglied oder nicht. Meine Leistungen in der Menschenführung können sich mit denen jedes anderen Offiziers messen. Außerdem werde ich meine Warnung an Sie zu Protokoll geben. Und falls Sie auf Jupiter 9 verletzt werden, stelle ich mich gern dem Kriegsgericht. Ich werde keinen Finger rühren, um Ihnen zu helfen! Im Gegenteil hoffe ich . . . hoffe ich, daß man Ihnen die Flötentöne beibringt, Sie . . .«

Wieder versagte ihm die Stimme. Er machte auf der Stelle kehrt und begab sich zur offenen Luftschleuse, die immer noch durch die Röhre mit seinem eigenen Schiff verbunden war. Beim Hineinklettern überwältigte ihn die Wut. Er griff mit einer Hand daneben und stolperte kläglich.

Hingerissen beobachtete Bigman, wie als letztes die Hacken des Commanders seinem Blick entschwanden. Dessen Wut war so intensiv gewesen, daß der kleine Mann vom Mars sie beinahe körperlich gespürt hatte, so als durchströmten Hitzewellen sein Hirn.

»He«, rief Bigman, »der Kerl hat sich aber aufgeregt! Du hast ihn richtig auf die Palme gebracht.«

Lucky nickte. »Wütend war er, daran gibt es keinen Zweifel.«

»Hör mal, vielleicht ist *er* der Spion. Er weiß am meisten und hätte die beste Gelegenheit.«

»Er ist aber auch mit Sicherheit am genauesten durchleuchtet worden. Also steht deine Theorie auf schwachen Füßen. Aber jedenfalls hat er uns bei einem kleinen Experiment geholfen. Deshalb werde ich mich bei unserem nächsten Wiedersehen entschuldigen.«

»Entschuldigen?« Bigman war entsetzt. Er glaubte fest, daß Entschuldigungen stets dem Gegner vorbehalten bleiben müßten. »Warum?«

»Komm, Bigman, glaubst du wirklich, ich habe das alles ernst gemeint, was ich ihm ins Gesicht warf?«

»Du warst gar nicht wütend?«

»Nicht richtig.«

»Du hast die Wut nur gespielt?«

»So kann man es nennen. Ich wollte ihn wütend machen. Es klappte. Ich habe es am eigenen Leibe gespürt.«

»Am eigenen Leibe?«

»Du nicht? Hast du nicht gemerkt, wie seine Wut aus ihm herausquoll und auf dich übersprang?«

»Beim heiligen Mars! Der V-Frosch!«

»Natürlich, wer sonst? Er fing die Wut des Commanders auf und strahlte sie auf uns ab. Ich mußte herauskriegen, ob ein einzelner V-Frosch das schafft. Wir haben das zwar schon auf der Erde getestet, aber nur im Labor. Aber dies war ein realer Test, und nun bin ich überzeugt.«

»Großartig – wie ein Richtstrahler.«

»Genau. Jetzt haben wir eine Waffe, wenigstens eine einzige Waffe!«

III

IM ANTIGRAV-KORRIDOR

»Das ist stark.« Bigman rieb sich die Hände. »Damit sind wir auf der Siegerstraße.«

»Langsam«, mahnte ihn Lucky. »Immer sachte, mein Freund! Mit dieser Waffe kann man kein Ziel treffen. Sie läßt uns die starken Gemütsbewegungen anderer spüren, aber sie zeigt uns nie den Schlüssel des Geheimnisses. Es ist damit vergleichbar, Augen zu haben. Wir sehen etwas, wissen aber nie, ob wir gerade das wirklich Wichtige sehen.«

»Du wirst es schon machen«, sagte Bigman zuversichtlich.

*

Der Abstieg auf Jupiter 9 erinnerte Bigman stark an ähnliche Manöver im Asteroidengürtel. Wie Lucky ihm auf der Reise auseinandergesetzt hatte, waren die meisten Astronomen der Ansicht, daß Jupiter 9 ursprünglich ein Asteroid gewesen war. Ein ziemlich großer Asteroid, den die ungeheure Anziehungskraft des Jupiter vor vielen Millionen Jahren eingefangen hatte.

Ja, Jupiter hatte so viele ehemalige Asteroiden eingefangen, daß sich hier, etwa 24 Millionen Kilometer von dem Riesenplaneten entfernt, eine Art von Mini-Asteroidengürtel im Gefolge Jupiters gebildet hatte. Die vier größten dieser Asteroidenmonde, mit einem Durchmesser zwischen 65 und 160 Kilometern, waren Jupiter 12, 11, 8 und 9. Außerdem gab es mindestens hundert weitere Satelliten von mehr als anderthalb Kilometer Durchmesser, die man nicht einmal zu numerieren für nötig befunden hatte.

Man hatte ihre Umlaufbahnen erst in den letzten zehn Jahren aufgezeichnet. Das war, als man auf Jupiter 9 das Antigrav-Forschungszentrum zu errichten begann. Wegen der häufigen Reisen hin und her mußte man sich wohl oder übel mit diesen Sterntrümmern bekannt machen.

Sie näherten sich dem Jupitermond, bis er den ganzen Himmel einnahm und zu einer unwirtlichen Welt voller Felsgipfel und Steinkanäle wurde. Kein Luftzug hatte in den Jahrmilliarden seines Bestehens diese zackige Oberfläche geglättet. Bigman, dem das alles wieder in den Sinn kam, fragte: »Warum, zum großen Weltraum, nennt man diesen Mond eigentlich Jupiter 9? Nach dem Sternenatlas ist er gar nicht der neunte von innen. Jupiter 12 steht dem Planeten viel näher.«

Lucky lächelte. »Du bist so ein richtiger verwöhnter Mensch der modernen Zeit, Bigman. Nur weil du auf dem Mars geboren bist, glaubst du, daß die Menschheit schon seit der Schöpfung im All hin und hergondelt. Du mußt dir immer vor Augen halten, daß erst vor tausend Jahren das erste Raumschiff gebaut wurde.«

»Das weiß ich doch«, sagte Bigman, unangenehm berührt. »Ich habe die Schule besucht und bin nicht ungebildet. Gib nur nicht so an mit deinem Superhirn!«

Luckys Lächeln verbreiterte sich. Mit zwei Fingerknöcheln klopfte er an Bigmans Schädel. »Ist da wirklich etwas drin?«

Bigmans Faust schoß auf Luckys Körper zu, aber Lucky fing sie auf halbem Wege ab und packte den kleinen Kerl, daß er sich nicht mehr rühren konnte.

»Es ist ganz einfach, Bigman. Bevor die Weltraumfahrt möglich wurde, waren die Menschen an die Erde gefesselt. Damals wußten sie über Jupiter nur das, was ihnen ihre Fernrohre verrieten. Die Monde wurden in der Reihenfolge ihrer *Entdeckung* numeriert, verstehst du?«

»Ach so«, sagte Bigman und riß sich los. »Arme Urahnen!« Er lachte wie immer, wenn er sich vorstellte, daß es Menschen gab, die ihr ganzes Leben auf einem einzigen Planeten verbrachten und sehnsuchtsvoll zu den Sternen am Firmament aufblickten.

Lucky dozierte weiter. »Die vier großen Jupitermonde heißen 1, 2, 3 und 4. Aber man benutzt meistens ihre Namen: Io, Europa, Ganymed und Callisto. Der innerste, ein kleiner Mond, heißt Jupiter 5. Die äußeren zählen bis Nummer 12. Was darüber hinausgeht, wurde erst im Zeitalter der Raumfahrt entdeckt, als die Menschen den Mars und den Asteroidengürtel erreichten . . . Aber jetzt aufgepaßt! Fertigmachen zur Landung!«

*

Es war erstaunlich, daß einem eine Welt von 157 Kilometern Durchmessern jemals als winzig erscheinen konnte. Natürlich *war* sie winzig, wenn man sie mit Jupiter oder auch nur der Erde verglich.

Aber wenn man erst einmal diese Welt betrat, wenn man erlebte, wie sein Raumschiff in einer großen Schleuse landete, wie es von riesigen Greifarmen bei fast völliger Schwerelosigkeit, aber auch gegen die Trägheit der Materie in eine mächtige Höhle geschleppt wurde, die hundert Schiffe von der Größe der *Shooting Starr* aufnehmen konnte, dann erschien sie einem alles andere als klein.

Und wenn man später an einer Bürowand auf einer Karte von Jupiter 9 das weitverzweigte Netz unterirdischer Gewölbe und Straßen betrachtete, dann kam sie einem plötzlich richtig groß vor.

Die Karte zeigte sowohl den horizontalen wie den vertikalen Grundriß der Arbeitszone auf Jupiter 9. Und obwohl dazu nur ein geringer Teil des Mondes gehörte, sah Lucky, daß die Straßen mehr als drei Kilometer tief ins Innere führten und daß andere sich dicht unter der Oberfläche 150 Kilometer lang hinzogen.

»Ein kolossales Unternehmen«, sagte er leise zu dem Lieutenant, der neben ihm stand.

Lieutenant Augustus Nevsky nickte kurz. Seine Uniform blitzte vor Sauberkeit. Er hatte einen kleinen blonden Bürstenschnurrbart, und seine weitauseinanderstehenden Augen schauten ständig geradeaus in die Weite – als befände er sich dauernd in Habt-acht-Stellung.

»Wir dehnen uns noch aus«, sagte er voll Stolz.

Als Lucky und Bigman vor einer Viertelstunde ihr Schiff verlassen hatten, war er auf sie zugekommen und hatte sich als ihr von Commander Donahue zugeteilter persönlicher Führer vorgestellt.

»Führer?« wiederholte Lucky amüsiert. »Sie meinen wohl: Aufpasser, Lieutenant? Sie sind ja bewaffnet.«

Das Gesicht des Lieutenant war eine undurchdringliche Maske. »Meine Bewaffnung ist Vorschrift für einen Offizier im Dienst. Sie werden bald selber merken, daß Sie hier einen Führer brauchen.«

Aber er schien sich zu entspannen, und er zeigte beinahe menschliche Regungen, als er seine Besucher das große Projekt loben hörte. »Natürlich ermöglicht das Fehlen einer nennenswerten Schwerkraft einige technische Leistungen, die auf der Erde nicht zu erreichen wären«, erklärte er. »Die Untergrund-Korridore brauchen praktisch keinerlei Pfeiler oder Stützen.«

Lucky nickte. »Ich habe gehört, daß das erste grav-Schiff fast startbereit ist.«

Der Lieutenant gab zunächst keine Anwort. Sein Gesicht war wieder glatt und ausdruckslos. Dann kündigte er steif an: »Ich bringe Sie jetzt in Ihre Quartiere. Der schnellste Weg führt durch einen Agrav-Kor . . .«

»He, Lucky«, fiel ihm Bigman mit erregter Stimme ins Wort. »Sieh dir das an!«

Lucky drehte sich um. Es war aber nur eine junge Katze mit rauchgrauem Fell und jenem Gehabe feierlicher Würde, das Katzen häufig zur Schau tragen. Bigman streichelte sie, und sie machte schmusend einen Buckel und schnurrte zufrieden.

»Der Commander sagte uns, die Männer hier seien ganz vernarrt in Haustiere. Gehört sie Ihnen, Lieutenant?«

Der Offizier errötete, als Lucky ihn das fragte. »Sie gehört uns allen. Es gibt noch einige Katzen hier. Sie kommen manchmal in den Raumtransportern zu uns. Wir haben auch ein paar Kanarienvögel, einen Papagei, weiße Mäuse und Goldfische. Leider nicht sowas wie das da.« Und als er einen schnellen Blick auf den V-Frosch warf, den Lucky samt Aquarium unter dem Arm hielt, blitzte etwas wie Neid in seinen Augen auf.

Aber Bigman hatte nur Augen für die Katze. Auf dem Mars gab es keine eingeborenen Tiere, und das weiche Fell der Katzen von der Erde hatte noch immer den Reiz der Neuheit für ihn.

»Er mag mich, Lucky.«

»Es ist eine Sie«, berichtigte der Lieutenant, aber Bigman hörte gar nicht hin. Die Katze streckte den Schwanz steil in die Luft. Nur die Schwanzspitze hing ein wenig herunter. So machte sie ein paar Schritte, drehte sich und bot Bigmans sanft streichelnder Hand ihre andere Körperseite dar.

Dann hörte sie plötzlich auf zu schnurren. Bigman spürte die unerwartete Anwandlung eines fieberhaften Heißhungers.

Das brachte ihn einen Augenblick lang aus der Fassung. Aber nun sah er, wie sich die Katze duckte und in der von jahrmillionenalten Instinkten diktierten lauernden Haltung des anschleichenden Jägers verharrte.

Ihre grünen Schlitzaugen starrten den V-Frosch an.

Aber ebenso schnell verging der Katze ihr gieriger Appetit. Auf weichen Sohlen schritt sie aufrecht zu Lucky hin, der das Aquarium hielt, und schaute, zufrieden schnurrend, den V-Frosch neugierig an.

Auch die Katze liebte den V-Frosch. Wie konnte es anders sein!

Lucky wandte sich an den Lieutenant. »Sie sagten gerade, der schnellste Weg in unser Quartier führe durch den Antigrav-Korridor. Würden Sie uns bitte erklären, was das bedeutet?«

Der Lieutenant hatte ebenfalls verzückt den V-Frosch angesehen. Er mußte sich erst einen Augenblick konzentrieren, bevor er antwortete: »Ja. Es ist ganz einfach. Wir haben hier auf Jupiter 9 künstliche Schwerkraftfelder – wie auf jedem Asteroiden und in den Raumschiffen. Sie befinden sich an den beiden Enden der Hauptkorridore, sodaß man sich in jeder Richtung hinunterfallen lassen kann. Es ist, als falle man auf der Erde in ein tiefes Loch.«

Lucky nickte. »Und wie schnell fällt man?«

»Eine gute Frage. Normalerweise wirkt die Anziehungskraft gleichmäßig auf jeden fallenden Körper ein und beschleunigt so den Fall immer mehr . . .«

»Ja, eben«, meinte Lucky trocken.

»Aber nicht, wenn sie durch Antigrav kontrolliert wird. Antigrav – oder wie wir hier meist kurz sagen: Agrav – bedeutet ja *keine* Schwerkraft, nicht wahr. Man kann Agrav dazu benutzen, Schwerkraft aufzuheben, zu speichern oder zu übertragen. Der Trick ist, gleichmäßig schnell zu fallen – ohne Beschleunigung wie beim freien Fall. Die Schwerkraftfelder an beiden Enden lassen sogar eine Verlangsamung des Falles zu. So ein Agrav-Korridor mit seinen zwei Pseudograv-Feldern ist im Grunde eine ganz einfache Sache. Wir benutzten das Prinzip als Zwischenstufe zu einem Agrav-Schiff mit nur einem einzigen Schwerkraftfeld. Das Ingenieurviertel, wo Zimmer für Sie bereitgestellt wurden, ist kaum zwei Kilometer entfernt, und der direkte Weg geht durch Korridor A-2. Gehen wir?«

»Sofort, wenn Sie uns erklären, wie man mit Agrav umgeht!«

»Das ist kein Problem.« Der Lieutenant gab jedem von ihnen ein leichtes rucksackähnliches Gestell, das man sich über die Schultern hängte und an der Taille zuschnürte. Dabei erklärte er ihnen in schnellen Worten die wenigen Schalthebel.

Und dann rief er: »Wenn Sie mir jetzt folgen wollen, Gentlemen, der Korridor ist gleich hier entlang!«

*

Bigman blieb am Korridor-Eingang zögernd stehen. Er hatte keine Beklemmungen im Weltraum, und er fürchtete sich nicht vor dem Fallen. Aber in seinem bisherigen Leben hatte er sich daran gewöhnt, Schluchten unter marsianischen oder geringeren Schwerkraftbedingungen zu überspringen. Hier war das Pseudo-grav nach Erdmaßstab aufgebaut, und unter dessen Einfluß wirkte der Korridor wie ein hell erleuchtetes senkrechtes Loch, obwohl er in Wirklichkeit, wie Bigman sich verstandesgemäß sagte, parallel zur Oberfläche des Mondes, nur eben etwas tiefer verlief.

»Also, das ist die Hauptverkehrsstraße zum Ingenieurviertel«, erklärte der Lieutenant. »Kämen wir von der anderen Seite, hätten wir die Empfindung, ›unten‹ sei hier. Wir können sogar unterwegs mit ein paar einfachen Schaltgriffen ›oben‹ und ›unten‹ die Plätze wechseln lassen.«

Er sah Bigmans Zögern und setzte hinzu: »Man lernt es schnell, und nach kurzer Zeit wird es einem zur zweiten Natur.«

Er trat in den Korridor, fiel aber nicht hinunter. Es sah aus, als stehe er auf einer unsichtbaren Plattform.

»Haben Sie Ihre Schalter auf null gedreht?« fragte er ernst.

Bigman tat es, und sofort verließ ihn alle Erdenschwere. Auch er trat in den Korridor.

Jetzt drehte der Lieutenant den mittleren Schalter seiner Kontrollen scharf, und schon sank er mit steigender Geschwindigkeit. Lucky folgte ihm. Bigman wäre sogar unter zwei Grav den ganzen Korridor hinuntergesaust und am Ende der Straße zerschmettert liegengeblieben, um Lucky nicht allein zu lassen. Also holte er tief Atem und ließ sich auch fallen.

»Wenn Sie auf null schalten«, rief der Lieutenant, »bleibt Ihre Geschwindigkeit gleich. Sie werden sich schnell daran gewöhnen.«

In regelmäßigen Abständen fielen sie an Wandtafeln mit grünen Leuchtbuchstaben vorbei. Sie lasen: BLEIBEN SIE AUF DIESER SEITE! Einmal schoß wie ein Blitz ein Mann in entgegengesetzter Richtung an ihnen vorbei. Auch er fiel! Nur viel schneller als sie.

»Kommen oft Zusammenstöße vor, Lieutenant?« erkundigte sich Lucky.

»Kaum«, erwiderte der Lieutenant. »Schon mit geringer Erfahrung gewöhnt man sich an, auf andere Passanten zu achten, die überholen wollen oder die man selber überholen will. Der Prozeß des Beschleunigens oder Abstoppens ist ja kinderleicht. Natürlich rammen sich die Burschen manchmal absichtlich. Das ist ein beliebter, etwas rauher Spaß, der zuweilen mit einem gebrochenen Schlüsselbein endet.« Er warf einen schnellen Blick auf Lucky. »Unsere Jungs lieben rauhe Späße.«

»Ich weiß. Der Commander warnte mich davor.«

Bigman schaute mit großen Augen in den hell erleuchteten Tunnel, durch den er gleichmäßig fiel, und rief plötzlich voller Begeisterung: »He, Lucky, das macht ja ungeheuren Spaß!« Und damit drehte er den Schalter seiner Kontrollplatte auf die positive Seite der Skala.

Sofort fiel er schneller. Bald war sein Kopf in Höhe von Luckys Füßen. Und von da an sauste er mit steigender Geschwindigkeit in die Tiefe.

»Aufhören, Sie Blödmann!« schrie Lieutenant Nevsky erschrocken. »Den Schalter auf negativ stellen!«

Und Lucky fügte ein gebieterisches: »Abstoppen, Bigman!« hinzu.

Als sie ihn wieder eingeholt hatten, ließ der Lieutenant seinem Ärger freien Lauf. »Machen sie das nie wieder! Es gibt in diesen Korridoren alle möglichen Sperren und Vorsprünge, und wer sich da nicht auskennt, rennt sich leicht den Kopf ein, wenn er gerade an nichts Böses denkt.«

»Hier, Bigman, halte du den V-Frosch!« sagte Lucky. »Das wird dich vielleicht lehren, dich wie ein verantwortungsbewußter Mitmensch zu benehmen.«

»O Lucky«, sagte Bigman beschämt. »Ich wollte es nur mal ausprobieren . . .«

»Schon gut. Es ging ja alles in Ordnung«. Und Bigman strahlte wieder.

Bigman blickte nach unten. Ein gleichmäßiger Fall ist noch lange nicht dasselbe wie ein Fall im Weltraum. Im All schien sich nichts zu bewegen. Das Raumschiff mochte mit einer Stundengeschwindigkeit von mehreren 100 000 Kilometern dahinjagen, den Insassen blieb das Gefühl, auf der Stelle zu verharren. Denn die fernen Sterne bewegten sich nicht.

Hier aber wurde einem die Geschwindigkeit der Fortbewegung stark bewußt. Die Lampen, die Öffnungen und die verschiedenen Befestigungen an den Korridorwänden rasten nur so an einem vorbei.

Im Weltraum erwartete man kein Oben und Unten. Hier gab es auch keins, aber man begriff es nicht. Solange Bigman runter auf seine Füße schaute, schien alles in Ordnung zu sein: da war eben »unten«. Blickte er aber nach »oben«, ergriff ihn sofort das umgekehrte Gefühl. Plötzlich wurde »oben« zu »unten«, und ihm war, als falle er mit dem Kopf voran nach »oben«. Schnell richtete er den Blick wieder auf die Füße, um das unangenehme Gefühl loszuwerden.

»Beugen Sie sich nicht so weit vor, Bigman!« warnte ihn der Lieutenant. »Dank Agrav fallen Sie zwar in senkrechter Haltung. Aber wenn Sie sich zu weit vorbeugen, geraten Sie unweigerlich ins Trudeln.«

Bigman richtete sich gehorsam auf.

»Das Trudeln ist nicht weiter schlimm«, belehrte der Lieutenant. »Wer an Agrav gewöhnt ist, kann es jederzeit abbrechen. Für Anfänger kann es aber unangenehm werden. Wir bremsen jetzt ab. Bringen Sie den Zeiger ins Negativfeld, und lassen Sie ihn etwa bei minus 5 stehen!«

Noch während er sprach, verlangsamte sich sein Fall, und im Nu schwebte er über ihnen. Seine Füße hingen in Bigmans Augenhöhe.

Bigman drehte am Schalter und bemühte sich angestrengt, mit dem Lieutenant wieder auf gleiche Höhe zu kommen. Während sein Fall langsamer wurde, tauschten »oben« und »unten« wieder die Plätze. Jetzt stand er wirklich auf dem Kopf!

»He«, rief er, »mir steigt das Blut zu Kopf!«

»An den Korridorwänden sind Griffe angebracht«, erläuterte der Lieutenant in knappem Ton. »Haken Sie mit der Fußspitze ein, und lassen Sie dann den Körper frei schwingen!«

Er machte es ihnen vor. Sein Körper schwang im

Bogen herum. Mit der Hand bremste er die Wendung um 180 Grad an der Wand ab.

Lucky machte es ihm nach. Bigman angelte wild mit seinen kurzen Beinen, und nach einer Weile gelang es auch ihm, sich mit der Fußspitze einzuhaken. Er wirbelte schneller herum als erwartet, und prallte etwas hart mit dem Ellbogen gegen die Wand. Aber die Wendung war vorschriftsmäßig vollzogen.

Wenigstens war der Kopf wieder oben. Und jetzt fiel er nicht mehr, sondern er stieg! Es war, als hätte man ihn als lebende Kanonenkugel abgeschossen, so daß er, gegen die Kräfte der Schwerkraft langsamer werdend, emporsauste. Aber die Hauptsache war, er hatte den Kopf wieder oben!

Während dieses gemächlichen Steigens blickte Bigman noch einmal mit einem unangenehmen Vorgefühl auf seine Füße und dachte erschrocken: *Gleich fallen wir wieder.* Plötzlich erschien ihm der Korridor als ein unendlich tiefer Brunnenschacht, und sein Magen verknotete sich.

Da kam die Stimme des Lieutenants: »Schalter bitte auf null!« Als sie es taten, schwebten sie wie in einem gut funktionierenden Fahrstuhl langsam empor, bis sie eine Kreuzung erreichten. Hier stoppte der Lieutenant elegant, indem er die Fußspitze an eine Haltestange schob.

»Das Ingenieursviertel, Gentlemen«, verkündete er.

»Und«, fügte Lucky Starr leise hinzu, »da ist auch schon das Empfangskomitee!«

Denn da standen mindestens 50 Männer wartend im Gang.

»Die Männer sind bekannt für ihre rauhen Späße«, erinnerte Lucky den Lieutenant. »Vielleicht haben sie jetzt gerade Lust auf solchen Spaß.«

Er trat mit festem Schritt in den kreuzenden Korridor hinaus. Bigmans Nasenflügel blähten sich vor freudiger Erwartung. Dankbar spürte er die festen Pseudograv-Kräfte und den soliden Boden unter den Füßen. Er hielt das Aquarium mit dem V-Frosch fest unterm Arm und war knapp hinter Lucky, als sie den wartenden Männern von Jupiter 9 entgegentraten.

IV

DIE EINWEIHUNGS-ZEREMONIE

Lieutenant Nevsky gab sich große Mühe, seiner Stimme Autorität zu verleihen. Die Hand am Kolben seines Blasters, rief er: »Was habt ihr Männer hier zu suchen?«

Aus der Schar erhob sich ein unterdrücktes Stimmengewirr, das bald verstummte. Schweigend richteten die Männer ihre Blicke auf den Einzelnen, der einen Schritt vor der Schar stand.

Er war der Anführer. Er lächelte. Sein Gesicht legte sich in freundliche Falten. Sein glattes, in der Mitte gescheiteltes Haar hatte einen leichten Stich ins Rötliche. Er hatte breite Backenknochen und zermalmte einen Kaugummi.

Wie alle trug er Kleidung aus synthetischen Fiberstoff. Aber er stach dadurch ab, daß er Hemd und Hose mit großen, wuchtigen Messingknöpfen verziert hatte. Vier vorn am Hemd, je einer an den beiden Hemdtaschen, vier seitlich an jedem Hosenbein – zusammen 14 Knöpfe. Irgendeinen nützlichen Zweck schienen sie nicht zu haben. Sie waren wohl nur zur Schau da.

»Also, Summers«, wandte sich der Lieutenant an ihn, »was habt ihr hier zu suchen!«

Summers sprach mit sanfter, überredender Stimme. »Ach, wissen Sie, Lieutenant, wir dachten, es gehöre sich, den neuen Mann gebührend zu empfangen. Er ist doch gekommen, um uns alle kennenzulernen und uns jede Menge Fragen zu stellen. Da wollten wir ihn uns doch gleich mal ansehen.«

Dabei sah er Lucky Starr an, und in seinem Blick lag so eisige Kälte, daß die Wirkung des freundlichen Tons völlig aufgehoben wurde.

»Sie sollten jetzt an Ihren Arbeitsplätzen sein«, sagte der Lieutenant.

»Haben Sie ein Herz für uns, Lieutenant!« antwortete Summers. Dabei kaute er weiter auf seinem Gummi, ganz langsam und lässig. »Wir haben bis eben gearbeitet. Jetzt wollten wir den Neuen nur mal begrüßen.«

Der Lieutenant war sich über seinen nächsten Schritt offenbar unschlüssig. Zweifelnd blickte er auf Lucky.

»Welche sind unsere Zimmer, Lieutenant?« fragte Lucky.

»Zimmer 2A und 2B, Sir. Sie müssen ...«

»Ich finde sie schon. Bestimmt wird mich einer dieser Männer hinbringen. Und nun, Lieutenant Nevsky, nachdem Sie uns hierher begleitet haben, ist Ihre Aufgabe beendet. Auf Wiedersehen!«

»Ich kann Sie nicht allein lassen!« flüsterte Lieutenant Nevsky erschrocken.

»Ich denke doch!«

»Warum denn nicht, Lieutenant?« mischte sich Summers mit breitem Grinsen ein. »Eine kleine Begrüßung wird dem Jungen schon nicht schaden.« Gelächter flakkerte bei den Männern in seinem Rücken auf. »Und außerdem hat er Sie ja ausdrücklich aufgefordert zu gehen.«

Bigman näherte sich Lucky und flüsterte ihm zischelnd zu: »Lucky, laß mich den V-Frosch dem Lieutenant geben! Ich kann nicht kämpfen, wenn ich ihn halten muß.«

»Du hältst ihn weiter! Ich will ihn hier haben . . . Guten Tag, Lieutenant. Wegtreten!«

Der Lieutenant zögerte. In einem Ton, der bei aller Höflichkeit stahlhart war, sagte Lucky: »Das ist ein Befehl, Lieutenant!«

Lieutenant Nevskys Gesicht wurde soldatisch starr. »Jawohl, Sir.«

Doch überraschenderweise ging er immer noch nicht, sondern betrachtete ein paar Sekunden lang den V-Frosch unter Bigmans Arm, der jetzt genüßlich an einem Farnwedel kaute. »Passen Sie gut auf den Kleinen auf!« Er machte kehrt, war nach zwei Schritten im Antigrav-Korridor und verschwand mit einem Blitzstart.

Lucky wandte sich um und trat den Männern entgegen. Er gab sich keinen Illusionen hin. Bitterböse Mienen starrten ihm entgegen. Sie meinten es ernst. Er mußte ihnen die Stirn bieten und ihnen beweisen, daß er es nicht minder ernst meinte. Sonst würde sein Auftrag an ihrer feindseligen Haltung scheitern. Er mußte sie irgendwie auf seine Seite ziehen.

*

Summers' Grinsen wurde zu einem wölfischen Zähnefletschen. »So, mein Freund, der Junge in Uniform ist weg. Jetzt können wir uns unterhalten. Ich heiße Red Summers. Wie heißen Sie?«

Lucky erwiderte lächelnd: »Mein Name ist David Starr. Mein Freund hier heißt Bigman.«

»Mir ist so, als habe man immer von einem Lucky gesprochen, als die Gerüchte von Ihrer bevorstehenden Ankunft umgingen.«

»Meine Freunde nennen mich Lucky.«

»Lucky – glücklich – ist das nicht süß? Wollen Sie glücklich bleiben?«

»Können Sie mir dafür einen guten Rat geben?«

»Zufälligerweise ja, Lucky Starr.« Plötzlich verzerrte sich sein Gesicht zu einer Grimasse des Zorns. »Verschwinden Sie von Jupiter 9.«

Aus den Reihen kam vielstimmige, rauhkehlige Zustimmung, und mehrere riefen im Sprechchor: »Weg mit ihm! Weg mit ihm!«

Sie rückten dabei langsam vor, aber Lucky wich keinen Zentimeter. »Ich habe gewichtige Gründe für meinen Aufenthalt auf Jupiter 9.«

»In diesem Fall werden Sie leider nicht glücklich bleiben«, sagte Summers.

»Sie sind ein Grünschnabel und ein Weichling dazu. Grünschnäbeln und Weichlingen ergeht es schlimm auf Jupiter 9. Wir machen uns Sorgen, daß Ihnen etwas zustößt.«

»Ich glaube kaum, daß mir etwas zustoßen wird.«

»Sie glauben es kaum – so?« sagte Summers lauernd. »Armand, komm her!«

Aus den Reihen der Männer hinter ihm löste sich ein riesenhafter Mann mit rundem Schädel, kräftigem Körperbau, breiten Schultern und einer Brust wie ein Faß. Er überragte Lucky, der immerhin ein Meter 80 groß war, noch um einen halben Kopf. Hochmütig schaute er auf das junge Mitglied des Wissenschaftsrates hinab und grinste, wobei er gelbliche, weitauseinanderstehende Zähne entblößte.

Die übrigen Männer setzten sich auf den Fußboden. Sie tauschten gutgelaunte Bemerkungen aus und benahmen sich genau wie Zuschauer, die auf den Beginn eines Fußballspiels warten.

»He, Armand«, rief einer lachend, »sieh dich vor, daß du nicht versehentlich auf das Kleinkind trittst!«

Bigman fuhr auf und blickte wütend in die Richtung, aus der die Stimme gekommen war. Er konnte den Sprecher aber nicht ausmachen.

»Sie können immer noch abhauen, Starr«, sagte Summers.

»Ich denke nicht daran«, erwiderte Lucky. »Schon gar nicht jetzt. Wie ich sehe, soll hier gleich ein amüsantes Spiel beginnen.«

»Sehr amüsant sogar, aber nicht für Sie. Jetzt hören Sie mal zu, Starr! Wir haben uns auf Ihren Empfang gut vorbereitet, seitdem wir erfuhren, daß Sie im Anflug sind. Wir haben genug von diesen Zinnfiguren der Erde. Wir wollen keine mehr hier sehen. Ich habe Leute in den verschiedenen Etagen verteilt. Sie werden uns benachrichtigen, wenn der Commander auf die Idee kommen sollte, sich in unser Spielchen einzumischen. Sollte es dazu kommen, dann, beim Jupiter, werden wir streiken. Habe ich recht, Männer?«

»Jaaaa«, kam die vielstimmige Anwort.

»Der Commander weiß das«, fuhr Summers fort, »und deshalb wird er nicht eingreifen. Wir werden Zeit haben, Sie unseren üblichen Einweihungszeremonien zu unterziehen. Danach werde ich Sie nochmals fragen, ob Sie nicht doch lieber abreisen wollen. Falls Sie dann noch bei Bewußtsein sind, versteht sich.«

»Sie machen viel Lärm um nichts«, sagte Lucky tadelnd. »Was könnte ich Ihnen schon Böses tun?«

»Sie werden uns bestimmt nichts Böses tun«, sagte Summers. »Dafür garantiere ich.«

Bigman mischte sich ein. Mit seiner hohen, kicksenden Stimme rief er: »He, Kerl, Sie sprechen mit einem Ratsmitglied! Haben Sie sich schon mal überlegt, was für Folgen das für Sie hat, wenn Sie sich mit dem Wissenschaftsrat anlegen?«

Summers sah ihn an, stemmte die Fäuste in die Hüften und lachte so unbändig, daß er den Kopf in den Nacken legen mußte. »He, Männer, habt ihr gehört, das kleine Ding kann sprechen! Ich hab mir die ganze Zeit überlegt, was es sein könnte. Es scheint, daß Lucky Schnüffler sein kleines Brüderchen mitgebracht hat, das auf ihn aufpassen soll.«

Bigman wurde weiß wie ein Leichentuch. Aber während die Wände vor allgemeinem Gelächter widerhallten, beugte sich Lucky blitzschnell zu ihm und flüsterte ihm durch die fast geschlossenen Lippen zu: »Bigman, du hältst eisern den V-Frosch fest! Das ist deine einzige Aufgabe! Ich nehme mir Summers vor. Und bei der großen Galaxis, Bigman, hör auf, Zorn auszustrahlen! Der V-Frosch reflektiert im Augenblick nichts anderes als deinen Zorn!«

Bigman schluckte. Er war beeindruckt.

»Nun, Ratsmann Schnüffler«, sagte Summers leise, »können Sie sich unter Agrav bewegen?«

»Habe es gerade bewiesen, Mr. Summers.«

»Gut, dann werden wir Sie jetzt testen und sehen, ob es stimmt. Wir können hier keinen dulden, der nicht alle Feinheiten von Agrav kennt. Es wäre zu gefährlich. Stimmt's, Männer?«

Und wieder erscholl es aus vielen Kehlen: »Jaaaa!«

»Armand hier«, sagte Summers und ließ seine Hand auf Armands breiter Schulter ruhen, »ist unser bester Lehrer. Sie wissen alles über Agrav-Manöver, wenn er Ihnen seine Lektion erteilt hat. Das heißt: falls Sie ihm nicht in die Quere kommen. So, und nun schlage ich vor, daß Sie in den Agrav-Korridor gehen. Armand kommt gleich nach.«

»Und wenn ich es nicht tue?« fragte Lucky.

»Dann werfen wir Sie hinein, und Armand springt hinterher.«

Lucky nickte. »Das klingt sehr deutlich. Sind irgendwelche Regeln zu beachten, wenn ich meine Lektion bekomme?«

Diese Worte erregten wildes Gelächter. Aber Summers gebot mit erhobenem Arm Ruhe. »Sie müssen nur Armand aus dem Wege gehen, Ratsmann. Das ist die einzige Regel, die mir einfällt. Wir schauen alle von hier aus zu. Wenn Sie vor Beendigung der Lektion versuchen, aus dem Agrav-Korridor zu kriechen, werfen wir Sie wieder rein. Und die Männer in den anderen Etagen passen auch auf!«

»Bei den Sandstürmen des Mars«, rief Bigman, »Ihr Mann wiegt 50 Pfund mehr als Lucky, und außerdem ist er ein Agrav-Experte!«

Summers mimte Überraschung. »*Nein!* Daran hab' ich gar nicht gedacht. Was für eine Schande!« Die Männer lachten. »Los jetzt, Starr! Rein in den Korridor, Armand! Mit Gewalt, wenn er nicht will!«

»Nicht nötig«, rief Lucky. Er drehte sich um und trat in den offenen Schacht des breiten Agrav-Korridors. Als seine Füße im Leeren schwebten, stieß er sich leicht mit einer drehenden Bewegung von der Wand ab. An der jenseitigen Wand stoppte er die Drehung. Nun stand er, das Gesicht den Männern zugekehrt, mitten in der Luft.

Sein Manöver rief einige gemurmelte Bemerkungen hervor. Armand nickte beifällig, und zum erstenmal ließ er seine Stimme, einen rollenden Baß, vernehmen. »He, Mister, das war nicht übel.«

Summers preßte die Lippen aufeinander. Waagerechte Falten erschienen auf seiner Stirn. Er stieß Armand heftig in den Rücken. »Du sollst hier nicht quatschen, du Idiot! Geh rein und besorg es ihm!«

Armand setzte sich langsam in Bewegung. »He, Red«, protestierte er, »wir wollen es nicht übertreiben.«

Summers Gesicht verzerrte sich vor Wut. »Rein mit dir! Und mach, was ich dir gesagt habe! Du weißt, was das für einer ist. Wenn wir ihn nicht abservieren, schicken sie uns immer neue.« Zum Schluß wurden seine Worte zu einem heiseren Flüstern, das nur aus nächster Nähe zu verstehen war.

Armand trat in den Korridor und stand Lucky von Angesicht zu Angesicht gegenüber.

*

Lucky Starr erschien fast geistesabwesend. Tatsächlich konzentrierte er sich auf die leichten Gefühlswellen, die der V-Frosch abstrahlte. Einige unterschied er ganz deutlich und konnte sie sogar einem bestimmten Urheber zuordnen. Red Summers' Gefühle waren am leichtesten zu identifizieren: eine Mischung von Angst, kleinlichem Haß und begieriger Erwartung des erhofften Triumphes.

Armand verströmte eine gewisse nervöse Hochspannung . . .

Von Zeit zu Zeit spürte Lucky nadelfeine Ausbrüche

von Erregung, und manchmal erkannte er auch den Erzeuger der Welle – nämlich immer dann, wenn der betreffende Mann gerade einen feuernden oder drohenden Zuruf machte.

Natürlich mußte er alles aus dem ständigen Fluß von Bigmans großem Zorn herausfiltern.

Aber jetzt sah er in Armands kleine Augen. Der Riese hüpfte auf und ab, 20 Zentimeter nach oben, 20 Zentimeter nach unten. Dabei bedienten seine Finger den Schalter auf dem Kontrollbrett vor der Brust.

Lucky war sofort auf dem Posten. Sein Gegner wechselte die Richtung der Anziehungskraft andauernd ab, indem er den Schalter hin- und herdrehte. Wollte er Lucky auf diese Weise in Verwirrung bringen?

Es kam Lucky schmerzlich zu Bewußtsein, daß all seine Weltraumerfahrung nicht ausreichte, sich gekonnt in der typischen Agrav-Schwerelosigkeit zu bewegen. Denn dies war nicht die absolute Schwerelosigkeit des Alls, sondern eine, die man nach Belieben variieren konnte.

Und plötzlich fiel Armand, als sei er auf eine Falltür getreten – nur mit dem Unterschied, daß er nach oben fiel!

Als Armands kraftvolle Beine an Luckys Kopf vorbeischwebten, spreizte er sie, als wolle er Luckys Kopf in die Beinschere nehmen.

Automatisch zuckte Lucky mit dem Kopf zurück. Die Folge war, daß seine Beine vorwärtsschossen. Sein Körper drehte sich um den Schwerpunkt. Einen Augenblick lang war er aus dem Gleichgewicht und schlenkerte hilflos herum. Das erregte stürmisches Gelächter unter den Männern.

Lucky erkannte seinen Fehler. Er hätte die drohende

Beinschere durch Benutzung der Schwerkraft vermeiden müssen. Sobald sich Armand aufwärts bewegte, hätte Lucky mit Hilfe des Kontrollschalters mit ihm hochsteigen oder sich rasch abwärtsfallen lassen sollen. Jetzt mußte er die Anziehungskraft einsetzen, um wieder ins Gleichgewicht zu kommen. Bei Schwerkraft null würde er endlos weiter trudeln.

Aber bevor seine Finger den Schalter berührten, unterbrach Armand seinen Aufstieg und kam mit Tempo herunter. Beim Vorbeisausen stieß er Lucky scharf den Ellbogen gegen die Hüfte.

Armand fiel weiter. Seine dicken Finger umklammerten jetzt Luckys Fußknöchel und zogen ihn nach unten. Dann streckte er die Arme aus und packte Lucky bei den Schultern. Sein Atem streifte Luckys Haar, als er ihm zuraunte: »Sie müssen noch viel üben, Mister!«

Lucky hob seine Arme und sprengte durch energischen Gegendruck den Griff des Gegners.

Dann entschwebte er mit einer Schalterdrehung nach oben. Er stieß sich dabei mit den Füßen von Armands Schultern ab. So beschleunigte er den eigenen Aufstieg und verlangsamte den Armands. Ihm selber kam es allerdings vor, als stürze er mit dem Kopf voran nach unten, und dieses Gefühl verkrampfte ihn und schien seine Reaktionen zu verlangsamen. Oder lag die Verzögerung an seinen Agrav-Kontrollen? Fast hatte er diesen Eindruck. Doch er war sich nicht sicher. Dafür fehlte es ihm an Erfahrung im Umgang mit diesem Gerät.

Jetzt stürzte sich Armand mit Gebrüll auf ihn. Er nutzte sein größeres Körpergewicht geschickt aus und versuchte, Lucky hart an die Wand zu drängen.

Lucky riß die rechte Hand aus seinem Zugriff los, um an den Schalter zu gelangen. Er wollte die Richtung wechseln. Beim Aufstieg plante er einen Kniestoß, der Armand ins Taumeln bringen sollte.

Aber Armand sauste als erster in die neue Richtung los, und es war Lucky, den ein Stoß ins Taumeln brachte.

Schon kam Armand wieder heruntergeschossen. Er stieß sich von der Wand ab, prallte gegen Lucky und drückte ihn gegen die andere Wand. Lucky schlug um sich, rutschte an der Wand entlang, wobei er sich einige blaue Flecke holte, und konnte schließlich einen Fußknöchel an einer der vielen Metallstangen einhaken. Sein Körper schwang in den offenen Korridor.

»Reicht's Ihnen, Mister?« flüsterte Armand ihm keuchend zu. »Haben Sie genug? Sie brauchen Red nur zu sagen, daß Sie abreisen wollen. Ich möchte Sie nicht allzusehr verletzen.«

Lucky schüttelte den Kopf. Dabei dachte er, wie seltsam es war, daß Armands Schwerefeld schnellere Wirkungen auslöste als seins. Er war sicher, daß er seinen Schalter eher betätigt hatte als Armand seinen.

Mit einer plötzlichen Drehung stieß Lucky seinem riesigen Gegner den Ellbogen in die Magengrube. Armand stöhnte. In dem Bruchteil einer Sekunde zog Lucky die Beine an und streckte sie wieder. Die beiden Männer flogen auseinander, und Lucky war frei.

Als Armand ihn einholte, wechselte Lucky im letzten Augenblick die Richtung. In den nächsten Minuten konzentrierte er sich auf Ausweichmanöver. Immer besser verstand er es jetzt, mit den Kontrollen umzugehen. Aber nun war es klar: sie funktionierten mit Verzögerung. Er entging Armands ständigen Angriffen nur durch elegante Drehungen mit Hilfe der Fußstreben.

Jetzt schwebte er leicht wie eine Feder auf der Stelle, und Armand schoß an ihm vorbei. Lucky drehte am

Agrav-Schalter, und diesmal tat sich gar nichts. Die Richtung des Schwerefelds änderte sich nicht mehr, und er konnte nicht beschleunigen.

Gleich darauf fiel Armand über ihn her. Mit einem tierischen Laut packte er Lucky und schleuderte ihn gegen die Wand. Dem wurde schwarz vor Augen.

V

BIGMAN GREIFT ZUM NADELSTRAHLER

Bigman setzte volles Vertrauen in Luckys Fähigkeiten, auch mit überlegenen Muskelmännern fertigzuwerden. Er hatte keine Angst um ihn. Er ärgerte sich nur über die parteiischen Zuschauer.

Summers war dicht an den Rand des Korridoreingangs getreten. Neben ihm stand ein hagerer Bursche mit dunklem Teint und berichtete wie ein Sportreporter mit heiserer Stimme, was sich vor seinen Augen abspielte.

Als Armand das erstemal Lucky gegen die Wand drückte, erhob sich Beifall. Bigman zog verächtlich die Mundwinkel herab. Natürlich stellte dieser Dummkopf von Möchtegern-Reporter die Kampfsituation immer etwas günstiger für seinen Favoriten dar.

Warte nur, wenn Lucky die Agravtechnik erst richtig beherrscht, dachte Bigman. Dann wird er diesen Armand in kleine Stücke reißen! Bigman hatte nicht die geringsten Zweifel daran.

Aber dann schrie der dunkelhäutige Bursche mit überschlagender Stimme: »Armand hat ihn im Schwitzkasten! Jetzt bereitet er sein nächstes Manöver vor. Füße gegen die Wand! Anziehen! Abstoßen! Und jetzt, und jetzt! Er kracht ihn gegen die Wand! Wunderbar! Großartig!

In diesem Augenblick fühlte Bigman erste Beklemmungen.

Er schob sich langsam zum Korridoreingang hin. Niemand nahm von ihm Notiz. In diesem Fall erwies sich seine geringe Körpergröße als Vorteil. Leute, die ihn nicht näher kannten, versahen sich von ihm keiner Gefahr. Sie übersahen ihn einfach.

Bigman schaute in den Korridor. Er sah, wie Lucky sich von der Wand abdrehte. In der Nähe lauerte Armand.

»Lucky!« schrie Bigman schrill. »Vorsicht!«

Sein Schrei ging im Lärm unter. Dafür hörte Bigman, wie der dunkelhäutige Mann ein paar Worte zu Summers sagte.

Sie lauteten: »Gib dem Schnüffler wieder ein bißchen Saft, Red, damit es etwas spannender wird!«

Summers antwortete grollend. »Es soll aber nicht spannend werden! Ich will, daß Armand ihm endlich den Rest gibt.«

Im ersten Augenblick ging Bigman die Bedeutung dieses Wortwechsels nicht auf. Aber dann verstand er. Mit scharfem Blick erkannte er, daß Summers an einem kleinen Gegenstand vor seiner Brust hantierte. Worum es sich handelte, war nicht zu sehen.

»Bei den Sandwüsten des Mars!« rief Bigman fast atemlos. Er sprang zurück. »Sie! Summers! Sie heimtükkischer Schuft!«

Bigman dankte seinem guten Instinkt, daß er entgegen Luckys Wunsch einen Nadelstrahler bei sich trug. Lucky hielt nicht viel von dieser Waffe, weil ein genaues Zielen fast unmöglich war. Aber Bigman hätte eher zugegeben, keine ein Meter 80 groß zu sein, als seine Scharfschützen-Talente in Zweifel ziehen zu lassen.

Als Summers auf Bigmans Anruf nicht reagierte, ballte Bigman die Faust um die Waffe. Nur wenig mehr als ein Zentimeter der nadelspitz zulaufenden Mündung ragte zwischen Zeige- und Mittelfinger seiner rechten Hand hervor. Dann drückte er fest zu.

Gleichzeitig zuckte 15 Zentimeter vor Summers' Nase ein Lichtblitz auf, und es gab einen leisen Knall. Das war alles nicht sehr eindrucksvoll. Es wurden ja nur Luftmoleküle ionisiert. Aber Summers fuhr zusammen. Und der V-Frosch übermittelte getreulich seinen großen Schreck.

»Alle bleiben auf ihren Plätzen!« schrie Bigman. »Keine Bewegung! Keine Bewegung, ihr Schwachköpfe!« Wieder knallte der Nadelstrahler. Diesmal über Summers' Kopf hinweg, wo es alle genau sehen konnten.

Wenige Menschen verstanden, mit Nadelstrahlern umzugehen. Man bekam auch nur unter Schwierigkeit einen Waffenschein dafür. Aber jeder kannte die Wirkung der Waffe, wenn auch meist nur von Fernsehspielen.

Es war, als hätten sämtliche 50 Männer gleichzeitig den Atem angehalten.

Bigman wurde gleichsam von einem kalten Sprühregen der Todesangst von 50 erschreckten Männern überschüttet. Er zog sich zurück, bis er die Wand im Rücken spürte.

»Alle mal herhören!« rief er. »Wer von Ihnen wußte, daß dieser Schuft Summers die Agrav-Schalter meines Freundes außer Betrieb gesetzt hat? Dieser Kampf ist eine Schiebung!«

Zwischen den Zähnen stieß Summers voll Verzweiflung hervor: »Sie irrren sich! Sie irren sich bestimmt!«

»Wirklich? Summers, Sie sind unerhört mutig, wenn Sie mit 50 Mann auf zwei Männer losgehen. Wollen wir mal sehen, wie mutig Sie sich vor der Mündung eines Nadelstrahlers benehmen! Sie wissen ja, wie schwer es ist, damit zu zielen. Ich könnte leicht jemand treffen.«

Wieder drückte er die Faust zusammen. Diesmal war der Abschußknall ohrenbetäubend, und der Lichtblitz blendete alle. Nur Bigman hatte rechtzeitig für eine Sekunde die Augen geschlossen.

Summers ließ einen erstickten Aufschrei hören. Doch er war unverletzt. Nur der oberste Hemdknopf war verschwunden.

»Gut gezielt«, sagte Bigman, »ich muß mich selber loben. Aber soviel Glück hält nicht ewig an. Bewegen Sie sich lieber nicht, Summers! Erstarren Sie zur Steinsäule! Sonst treffe ich beim nächstenmal daneben. Und ein Loch in der Haut tut erheblich mehr weh als ein zerblasener Knopf.«

Summers schloß die Augen. Auf seiner Stirn glänzte ein dünner Schweißfilm. Bigman schätzte die Entfernung und drückte zweimal ab.

Puff! Klack! Zwei weitere Knöpfe verschwanden.

»Beim Mars, mein Glückstag! Und Ihr Glück, daß sich niemand gerührt hat. Na, noch einen – zum guten Schluß.«

Diesmal schrie Summers vor Schmerzen auf. Plötzlich war ein Riß in seinem Hemd, und man sah die verbrannte Haut darunter.

»Ach«, sagte Bigman, »knapp daneben! Na, nun bin ich nervös und werde die nächsten beiden Knöpfe bestimmt auch verfehlen . . . Es sei denn, Sie wollten mir etwas gestehen, Summers.«

»Ich gebe alles zu«, rief Summers. »Ich habe manipuliert.«

Bigman schüttelte den Kopf. »Na sowas? Ihr Mann hat den Vorteil des höheren Gewichts. Ihr Mann hat die größere Erfahrung. Und trotzdem mußten Sie noch schummeln. Sie wollen wohl nicht das Geringste riskieren, wie? Lassen Sie fallen, was Sie da in der Hand halten . . . Und von euch anderen bewegt sich keiner! Von jetzt wird im Korridor fair gekämpft, verstanden? Keiner rührt sich von der Stelle, bis einer aus dem Korridor herauskommt!«

Er machte eine Pause und musterte die erstarrten Gesichter, während sich seine Faust mit dem Nadelstrahler langsam von einer Seite zur anderen bewegte. »Aber sollte es euer Knorpelheini sein, der zurückkommt, wäre ich ziemlich enttäuscht. Und in meiner bitteren Enttäuschung kann ich für nichts garantieren. Kann sein, daß ich dann die Beherrschung verliere und wie ein Wilder in die Menge schieße. Und ehe ihr mich stoppen könnt, habe ich bestimmt zehnmal abgedrückt. Wenn ihr also lebensmüde seid, dann drückt mal schön die Daumen, daß euer Knilch gegen Lucky Starr gewinnt!«

So wartete Bigman mit klopfendem Herzen, den Nadelstrahler in der Rechten und das Aquarium mit dem V-Frosch unter dem linken Arm. Am liebsten hätte er Summers befohlen, den Zweikampf zu beenden und die beiden Gegner aus dem Agrav-Korridor zu holen. Aber er fürchtete Luckys Zorn. Er wußte, daß Lucky ein Mann war, der niemals aufgab.

Ab und zu flog schattenhaft eine Gestalt durch seinen Gesichtskreis, dem eine zweite folgte. Dann hörte man das dumpfe Geräusch, mit dem ein menschlicher Körper gegen die Korridorwand schlug. Noch einmal – und noch einmal. Dann wieder Stille.

Eine Gestalt zog vorüber, die andere folgte. Die Hand der zweiten krallte sich um den Fußknöchel der ersten.

Dann schien der Kampf beendet. Der Sieger sprang aus dem Korridor in die Seitenstraße. Der Verlierer folgte. Kaum war er dem Korridor entronnen, so brach er wie ein nasser Sack zusammen.

Bigman stieß einen Schrei aus. Der Mann, der auf beiden Beinen vor ihm stand, war Lucky! Sein Gesicht war voller Abschürfungen. Aber Armand lag besinnungslos zu seinen Füßen.

*

Sie hatten einige Mühe, Armand wieder zu sich zu bringen. Auf seinem Schädel hatte sich eine Beule von der Größe einer kleinen Grapefruit gebildet, und ein Auge war so geschwollen, daß er auf ihm nichts mehr sehen konnte. Mit blutender Unterlippe brachte er ein gequältes Grinsen zustande und sagte: »Bei Jupiter, der Junge ist eine Wildkatze!«

Schwerfällig kam er auf die Beine, und tapsig wie ein Bär umarmte er Lucky. »Als er mit den Agrav-Kontrollen erst richtig zurechtkam, war es, als kämpfte ich gegen zehn Männer. Er ist schwer in Ordnung!«

Zu Bigmans Überraschung feierten die Männer begeistert den Sieger. Zuerst strahlte der V-Frosch allgemeine Erleichterung ab, dann stürmischen Jubel.

Armands Grinsen wurde noch breiter. Mit dem Handrücken wischte er sich das Blut ab. »Der Ratsmann ist ein echter Kerl. Wer noch etwas gegen ihn sagt, der bekommt es von jetzt an mit mir zu tun. Wo ist Red?«

Red Summers war verschwunden. Und mit ihm das Instrument, das er vorhin auf Bigmans Geheiß hatte fallenlassen.

»Hören Sie, Mr. Starr«, sagte Armand, »ich muß Ihnen was sagen. Ich wollte den Kampf nicht. Aber Red meinte, wir müßten Sie loswerden, oder Sie würden uns alle in Schwierigkeiten bringen.«

Lucky erhob die Hand. »Das ist ein großer Irrtum. Hört zu, ihr alle! Wer ein loyaler Mann der Erde ist, hat von mir nichts zu befürchten. Das verspreche ich euch. Der Kampf ist vorbei. Er wird auf keinem Protokoll verzeichnet werden. Es war eine spannende Angelegenheit, aber jetzt können wir sie vergessen. Nichts ist passiert. Ist das klar?«

Sie klatschten und jubelten ihm zu. Man hörte Rufe: »Der Mann ist richtig!« Und: »Hoch der Wissenschaftsrat!«

Lucky wollte sich gerade zum Weggehen umwenden, als Armand sagte: »He, warten Sie noch!« Er atmete tief ein und deutete mit einem dicken Zeigefinger auf den V-Frosch. »Was ist das?«

»Ein Tier von der Venus«, sagte Lucky. »Unser Haustier.«

»Es ist niedlich.« Der Riese betrachtete das kleine Wesen mit glänzenden Augen. Die anderen Männer drängten heran, besahen sich das Tier und äußerten sich entzückt darüber. Andere schüttelten Lucky die Hand und versicherten ihm, sie hätten von Anfang an auf seiner Seite gestanden.

Bigman mochte das Gedränge und Geschiebe nicht. Schließlich verlor er die Geduld und rief laut: »Laß uns jetzt auf unsere Zimmer gehen, Lucky oder ich schwör dir, ich bring ein paar dieser Kerle um!«

Sofort trat tödliches Schweigen ein, und die Männer machten Platz für Lucky und Bigman.

*

Lucky zuckte zusammen, als Bigman seine verletzte Wange in ihrem Quartier mit kaltem Wasser wusch.

Dann sagte er: »Vorhin war unter den Männern die Rede von einem Nadelstrahler, der während meines Kampfes irgendeine Rolle gespielt hat. Ich habe die Geschichte nicht ganz mitgekriegt. Am besten, du erzählst sie mir, Bigman.«

Widerstrebend klärte Bigman ihn auf.

»Ich habe natürlich gemerkt, daß meine Agrav-Kontrollen nicht mehr funktionierten«, sagte Lucky nachdenklich. »Aber ich dachte an ein mechanisches Versagen. Erst recht, als nach meinem zweiten Niederschlag wieder alles klappte. Ich hatte keine Ahnung, daß du inzwischen diese Auseinandersetzung mit Red Summers hattest.«

Bigman grinste. »Beim großen Weltraum, Lucky, du glaubst doch nicht, daß ich dem Kerl einen so gemeinen Trick durchgehen lasse?«

»Deshalb brauchtest du aber nicht gleich mit einem Nadelstrahler um dich zu schießen!«

»Nur so konnte ich die Kerle auf Vordermann bringen«, erwiderte Bigman gekränkt. »Sollte ich ihnen vielleicht mit dem Finger drohen und ihnen zurufen: ›Seid bitte nicht so unartig!‹ Außerdem mußte ich ihnen einen fürchterlichen Schreck einjagen.«

»Warum?« fragte Lucky scharf.

»Bei den Sandwüsten des Mars, Lucky, als die Mogelei im Gange war, ging es dir mächtig dreckig. Ich konnte nicht wissen, ob du noch genügend Kraft hattest, dich wieder aufzurappeln. Deshalb wollte ich Summers eigentlich dazu zwingen, den Kampf abzubrechen.«

»Das wäre sehr unvorteilhaft gewesen, Bigman. Wir hätten nichts dadurch erreicht. Die meisten Männer hätten angenommen, dein Vorwurf, Summers spiele falsch, wäre nur eine miese kleine Ausrede.«

»War mir klar, daß du so denkst. Aber ich war zu nervös.«

»Du hattest keinen Grund. Als die Kontrollen wieder funktionierten, ging alles ganz glatt. Armand merkte, daß er zu früh triumphiert hatte. Sobald er sah, daß ich noch fit war, war es mit seiner Kampfmoral vorbei. Typisch für Männer, die an leichte Siege gewöhnt sind. Wenn es einmal bei ihnen nicht gleich klappt, sind sie durcheinander und verlieren.«

»Ja, Lucky«, sagte Bigman und grinste unverschämt.

Lucky überlegte schweigend. »Mir gefällt der Ton nicht, mit dem du ›ja, Lucky‹ sagst – und dein Grinsen gefällt mir erst recht nicht. Heraus mit der Sprache! Du hast doch noch mehr angestellt!«

»Nun . . .« Bigman hatte Luckys wunde Stellen mit flüssiger Salbe überdeckt und trat jetzt zurück, um sein Werk kritisch zu betrachten. »Mir war es wichtig, daß du gewinnst, daran ist doch nichts auszusetzen, oder?«

»Nein.«

»Deshalb kündigte ich an, falls Armand als Sieger aus dem Kampf hervorginge, würde ich ein Massaker unter ihnen anrichten.«

»Doch nicht im Ernst!«

»Vielleicht doch. Jedenfalls nahmen sie meine Drohung ernst. Besonders nachdem sie mitangesehen hatten, wie ich dem Dreckskerl vier Knöpfe vom Hemd zerblasen hatte. Also hatten wir da 50 Kerle, die sämtlich, einschließlich Summers, mit allen Fasern hofften, daß du gewinnst und Armand eine Niederlage erleidet.«

»Das war's also«, sagte Lucky.

»Na, ich konnte ja nicht dafür, daß der V-Frosch dabei

war und alle diese Wünsche auf euch abstrahlte, oder?«

»Ja, besonders auf Armand. Deshalb also hatte er urplötzlich keine Kampfmoral mehr.« Lucky schien betrübt.

»Überleg doch mal, Lucky! Zweimal wurdest du durch Hinterlist aufs Kreuz gelegt. Es war kein fairer Kampf!«

»Ja, ich weiß. Kann sogar sein, daß ich diese Hilfe dringend nötig hatte.«

Die Türleuchte flammte kurz auf, und Lucky hob die Augenbrauen. »Wer mag das sein?« Er drückte auf eine Taste, und die Tür glitt auf.

Draußen stand ein stämmiger Mann mit schütterem Haar, der sie aus chinablauen Augen unverwandt anblickte. In einer Hand hielt er ein merkwürdig geformtes Stück schimmernden Metalls, das er in seinen geschmeidigen Fingern unentwegt drehte. Manchmal verschwand das Objekt und wanderte blitzschnell vom Daumen zum kleinen Finger, als wäre es ein beseeltes Etwas. Bigman sah fasziniert zu.

»Mein Name ist Harry Norrich«, sagte der Mann. »Ich bin Ihr Nachbar.«

»Guten Tag«, grüßte Lucky.

»Sie sind Lucky Starr und Bigman Jones, nicht wahr? Darf ich Sie für ein paar Minuten zu mir herüberbitten? Ich lade Sie zu einem Drink ein.«

»Das ist nett von Ihnen«, sagte Lucky. »Wir kommen gern.«

Norrich drehte sich etwas steif und führte sie den Korridor entlang bis zur nächsten Tür. Manchmal berührte er die Wand mit den Fingerspitzen. Lucky und Bigman folgten. Der Kleine hatte den V-Frosch unterm Arm.

»Kommen Sie rein, Gentlemen!« Norrich trat zur Seite,

um ihnen den Vortritt zu lassen. »Nehmen Sie bitte Platz! Ich habe schon eine Menge von Ihnen gehört.«

»Was denn?« fragte Bigman.

»Von Luckys Kampf mit dem großen Armand und von Bigmans Schießkünsten mit dem Nadelstrahler. Es ist das Thema des Tages. Bis morgen früh wird es wohl der letzte auf Jupiter 9 erfahren haben. Auch deswegen habe ich Sie zu mir gebeten. Ich wollte mit Ihnen darüber sprechen.«

Vorsichtig füllte er zwei Gläschen mit einem rötlichen Schnaps und bot sie den beiden Freunden an. Lucky nahm ihm sein Glas nicht gleich aus der Hand, sondern griff einige Zentimeter daneben. Nichts geschah. Erst jetzt griff Lucky wirklich zu. Er stellte das Gläschen ab.

»Was haben Sie da auf Ihrem Arbeitstisch?« wollte Bigman wissen.

In Norrichs Zimmer standen die üblichen Möbel. Außerdem nahm eine Art Arbeitstisch nebst Sitzbank eine ganze Wand ein. Auf dem Tisch lagen mehrere Metallteile verstreut, und in der Mitte stand ein seltsames, unregelmäßig geformtes Gebilde von etwa 15 Zentimeter Höhe.

»Dieses Ding?« Norrichs Hand glitt über den Tisch, suchte ein wenig und fand dann das Gebilde. »Es ist ein 3-D.«

»Ein was?«

»Ein dreidimensionales Puzzlespiel. Die Japaner kannten so etwas schon vor Jahrtausenden, haben aber nie etwas daraus entwickelt. Diese Puzzles bestehen aus einer Reihe verschieden geformter Teile, die in einer bestimmten Weise zusammengesetzt werden müssen, um ein Gebilde zu ergeben. Dies hier ist zum Beispiel das

Modell eines Agrav-Generators. Ich habe es selber entworfen und hergestellt.«

Er nahm ein Stück Metall auf und schob es sorgfältig in eine seitliche Öffnung des Gebildes. Das Stück paßte genau.

»Jetzt das nächste Teil.« Seine linke Hand strich fast zärtlich über das Gebilde, während die rechte unter den verstreuten Teilen auf dem Tisch herumsuchte, eins auswählte, es hochhob und ebenfalls nahtlos dem Gebilde zufügte.

Interessiert kam Bigman näher. Plötzlich knurrte es drohend unter dem Tisch. Er prallte erschrocken zurück.

Ein Hund kam unter dem Tisch hervor, stellte sich auf die Hinterbeine und legte die Vorderpfoten auf die Bank. Es war ein großer deutscher Schäferhund. Ruhig sah das Tier Bigman an.

»Hören Sie«, sagte Bigman nervös, »ich habe ihn nicht absichtlich getreten.«

»Keine Sorge«, beruhigte Norrich. »Das ist nur Mutt. Ehe der jemand beißt, muß man ihm Schlimmeres zufügen, als ihm auf die Pfoten zu treten. Mutt ist mein Hund. Mein Führhund!«

»Ihr Führhund?«

»Mr. Norrich ist blind, Bigman«, erklärte Lucky leise.

VI

DER TOD GREIFT EIN

Bigman senkte den Kopf. »O, entschuldigen Sie.«

»Kein Grund«, sagte Norrich heiter. »Ich habe mich daran gewöhnt und komme gut zurecht. Ich bin Cheftechniker und leite die Abteilung für Experimentalkonstruktionen. Ich bin nicht auf fremde Hilfe angewiesen, im täglichen Leben so wenig wie bei meinen 3-D-Puzzles.«

»Kann mir vorstellen, daß die Puzzles viel Nutzen bringen«, bemerkte Lucky.

»Sie können diese Dinger wirklich allein zusammensetzen, ohne sie zu sehen?« staunte Bigman.

»Es ist nicht so schwierig, wie es Ihnen vorkommen mag. Ich habe jahrelange Erfahrung darin. Und da ich sie selber herstelle, kenne ich natürlich alle Tricks. Hier ist ein ganz einfaches Puzzle, Bigman. Sieht aus wie ein Ei. Können Sie es auseinandernehmen?«

Bigman nahm das Leichtmetall-Ei in die Hand und drehte es nach allen Seiten. Die Teile paßten fugenlos ineinander.

Norrich erzählte inzwischen weiter: »Ich brauche Mutt nur, wenn ich durch die Korridore gehe.« Liebevoll kraulte er das Ohr des Hundes, und der ließ sich das gerne gefallen. Dann gähnte das Tier schläfrig, wobei es ein scharfes weißes Gebiß und eine rosarote, sehr bewegliche Zunge entblößte. Lucky spürte, wie der V-Frosch die tiefe Zuneigung Norrichs zu seinem Hund übermittelte.

»Die Agrav-Korridore kann ich nicht benutzen«, sagte Norrich, »ich wüßte ja nie, wann ich verlangsamen muß.

Deshalb benutze ich die normalen Straßen, und Mutt führt mich. Die Wege dauern länger, aber dafür hält man den Körper in gesunder Bewegung. Ich glaube, daß Mutt und ich Jupiter 9 besser kennen als jeder andere, nicht wahr, Mutt? ... Haben Sie es auseinandergekriegt, Bigman?«

»Nein. Es ist immer noch in einem Stück.«

»Das kann doch nicht wahr sein! Komm, geben Sie es mir!«

Bigman reichte ihm das Ei, und Norrichs geschickte Finger strichen suchend über die Oberfläche. »Sehen Sie dieses kleine Quadrat hier? Da muß man raufdrücken. Dann schiebt es sich ein Stück hinein. Jetzt packt man das Teil, das auf der anderen Seite herauskommt und dreht es im Uhrzeigersinn halb herum. Nun kann man es ganz herausziehen. Sehen Sie? Der Rest ist einfach. Es zerlegt sich beinahe von selbst. Dieses Teil ... dann dies ... dann dies ... und so weiter. Man legt die Teile nebeneinander auf den Tisch. Es sind nur acht. Beim Zusammensetzen geht man in umgekehrter Reihenfolge vor. Zuletzt das Schlüsselstück. Drehung. Reindrücken. Dann sitzt wieder alles fest.«

Skeptisch besah sich Bigman die einzelnen Teile. Er beugte sich dicht über sie.

Lucky brachte das Gespräch auf ein anderes Thema. »Wie Sie wissen, Mr. Norrich, wartete eine Art Empfangskomitee auf mich. Sie erwähnten, daß Sie zu meinem Kampf mit Armand etwas zu sagen hätten.«

»Ja, Ratsmann, ja. Ich möchte, daß Sie den Vorfall richtig beurteilen. Ich bin seit Beginn des Agrav-Projekts auf Jupiter 9, und ich kenne die Männer. Manche gehen zurück, wenn ihr Vertrag abläuft, manche verlängern und bleiben. Neue Leute treffen ständig ein. Aber in gewisser Weise sind sie sich alle gleich. Sie sind sehr unsicher.«

»Warum?«

»Aus mehreren Gründen. Erstens ist die Arbeit gefährlich. Wir hatten Dutzende von schweren Unfällen, die mehrere hundert Männer das Leben kosteten. Ich verlor vor fünf Jahren das Augenlicht und konnte noch von Glück reden. Denn leicht hätte ich auch hops gehen können. Zweitens sind die Männer hier völlig isoliert, fern von Freunden, fern von ihrer Familie, soweit sie eine haben.«

»Ich könnte mir vorstellen«, sagte Lucky, »daß das einigen nur recht ist.«

Dabei lächelte er schief. Denn es war kein Geheimnis, daß von Zeit zu Zeit Männer, die mit dem Gesetz in Konflikt gekommen waren, Arbeit auf den Pionierwelten suchten und fanden. Es wurden dauernd Männer gebraucht, die willens waren, unter riesigen Kuppeldächern in einer künstlichen Atmosphäre in künstlichen Schwerefeldern zu arbeiten. Da wurden gewöhnlich nicht viele Fragen gestellt.

Das war kein schlechtes Prinzip. Denn die Männer arbeiteten ja zum Nutzen der Erde, und zwar unter schwierigen Bedingungen. Man konnte es als eine Art tätiger Reue für frühere Vergehen betrachten.

Norrich nickte bestätigend. »Ich sehe, daß Sie Bescheid wissen, und das ist gut so. Abgesehen von Offizieren und qualifizierten Ingenieuren ist schätzungsweise die Hälfte aller Männer auf der Erde kriminell in Erscheinung getreten, und die meisten übrigen haben nur Glück gehabt, daß die Polizei sie nie erwischte. Ich glaube, daß kaum einer unter fünf Männern hier seinen richtigen Namen angegeben hat. Natürlich werden solche Männer unruhig, wenn ein Prüfer nach dem anderen erscheint.

Sie suchen alle nach sirianischen Spionen, das wissen wir. Aber jeder befürchtet, daß bei dieser Gelegenheit seine Vergangenheit ans Tageslicht kommt und er auf die Erde zurückgeschickt wird, um dort eine Gefängnisstrafe zu verbüßen. Natürlich will jeder irgendwann einmal zurück zur Erde, aber unerkannt und nicht in Handschellen. Nur deshalb konnte Red Summers sie so leicht aufputschen.«

»Und stellt Summers etwas Besonderes dar, daß sie ihn als Anführer anerkennen? War er ein berüchtigter Verbrecher?«

Bigman sah kurz von seinem 3-D auf und fragte säuerlich: »Ein Mörder vielleicht?«

»Nein«, entgegnete Norrich mit Nachdruck. »Sie müssen Summers verstehen. Er hatte ein unglückliches Leben. Ein zerrüttetes Elternhaus, eine freudlose Kindheit. Dann geriet er in schlechte Gesellschaft. Er machte auch mit dem Gefängnis Bekanntschaft. Ja, das stimmt.

Aber es handelte sich nur um kleinere Betrügereien. Wäre er auf der Erde geblieben, hätte er aber sein ganzes Leben verpfuscht. Als er nach Jupiter 9 kam, begann er ein neues Leben. Als gewöhnlicher Arbeiter traf er hier ein. Aber er bildete sich weiter. Er lernte Fertigungsmethoden unter niedriger Schwerkraft, Kraftfeldmechanik und die gesamte Agrav-Technik. Er wurde befördert, rückte in verantwortliche Stellungen auf und bewährte sich auf der ganzen Linie. Er ist beliebt und geachtet. Viele bewundern ihn. Jetzt weiß er ein ehrenhaftes und verantwortungsbewußtes Leben zu schätzen. Und er fürchtet nichts mehr, als sein altes Leben auf der Erde wiederaufnehmen zu müssen.«

»Genau«, sagte Bigman. »Er hat so große Abneigung

dagegen, daß er sich nicht gescheut hätte, Lucky in einem manipulierten Kampf zu töten.«

»Ja«, gab Norrich stirnrunzelnd zu. »Ich habe gehört, daß er mit einem Subphasen-Oszillator die Steuersysteme des Ratsmanns außer Betrieb gesetzt hat. Das war dumm von ihm. Aber er war in einer Panikstimmung. Glauben Sie mir, im Grunde hat der Mann ein gutes Herz. Als mein alter Mutt einging . . .«

»Ihr alter Mutt?« unterbrach Lucky.

»Ja, ich hatte früher schon einen anderen Führhund, der auch auf den Namen Mutt hörte. Er kam bei einem Kraftfeldkurzschluß zusammen mit zwei Männern ums Leben. Er hatte da nichts zu suchen. Aber jeder Hund geht nun mal dann und wann auf Abenteuer aus. Auch mein jetziger Hund tut es, wenn ich ihn nicht brauche. Aber er kommt immer zurück.« Er beugte sich hinab und klopfte zärtlich die Flanken des Tiers. Mutt schloß genüßlich ein Auge, und sein Schwanz schlug rhythmisch auf den Fußboden.

»Als nun der alte Mutt tot war, sah es eine Weile so aus, als könne ich keinen Ersatz bekommen. Sie hätten mich zurückschicken müssen. Ohne Hund bin ich hier aufgeschmissen. Führhunde sind eine Rarität. Es gibt lange Wartelisten. Die Verwaltung von Jupiter 9 dachte gar nicht daran, meinetwegen Druck hinter die Angelegenheit zu setzen. Sie wollten die Tatsache, daß sie einen Blinden als Bauingenieur beschäftigten, nicht unbedingt an die große Glocke hängen. Die Kongreßfraktion, die Sparsamkeit auf ihre Fahnen geschrieben hat, hätte solche Extravaganz mit Sicherheit groß ausgeschlachtet. Da klemmte sich Summers dahinter. Er ließ ein paar Verbindungen spielen, die er auf der Erde besaß, und schaffte es, daß ich Mutt bekam. Es geschah sicherlich etwas außerhalb der Legalität, sozusagen auf dem Schwarzen Markt. Jedenfalls setzte Summers seine gute Stellung aufs Spiel, um einem Freund einen Gefallen zu tun. Das werde ich ihm nie vergessen. Bitte, denken Sie daran, wenn Sie Maßnahmen gegen ihn planen! Lassen Sie Gnade für Recht ergehen!«

»Ich plane überhaupt keine Maßnahmen gegen ihn«, erklärte Lucky. »Ich hatte nie die Absicht. Auch vor unserem Gespräch nicht. Allerdings werde ich beim Rat Summers' wirklichen Namen und die Akte über sein Vorleben anfordern. Ich bin sicher, daß da einiges vorliegt.«

»Tun Sie das!« forderte Norrich ihn auf. »Sie werden feststellen, daß er kein schlechter Kerl ist.«

»Ich hoffe es. Aber ich habe eine Frage. Wie kommt es, daß von den führenden Offizieren auf Jupiter 9 nicht der geringste Versuch gemacht wurde, den Kampf zu unterbinden? Finden Sie das nicht merkwürdig?«

Norrich lachte kurz auf. »Durchaus nicht. Ich glaube, Commander Donahue hätte sogar Ihr Tod kalt gelassen – abgesehen von den Scherereien, die er gehabt hätte, um die Begleitumstände zu vertuschen. Er hat größere Sorgen am Hals als Sie und Ihre Nachforschungen.«

»Größere Sorgen?«

»Sicher. Es ist so: jedes Jahr wird ein neuer Projektleiter eingesetzt und der alte abgelöst. Sie kennen das Army-Prinzip der Rotation. Donahue ist unser sechster Commander, und er ist bei weitem der beste, den wir hatten. Das muß ich ehrlich sagen. Er hat der Bürokratie mächtig auf die Finger geklopft und es stets vermieden, aus Jupiter 9 eine Kaserne zu machen. Er hat den Männern viele Freiheiten eingeräumt und auch ein Auge zugedrückt, wenn sie es mal ein bißchen toll trieben. Das kam der Arbeit ungemein zugute. Jetzt steht das erste Agrav-Schiff kurz vor dem Start. Manche sagen, es sei nur eine Sache von einigen Tagen.«

»So weit ist man schon?«

»Könnte sein. Aber das Entscheidende ist, daß Commander Donahue in weniger als einem Monat zur Ablösung ansteht. Jede Verzögerung des Arbeitsprozesses würde dazu führen, daß der Start erst unter Donahues Nachfolger stattfindet. Dieser Nachfolger würde dann mitfliegen und ein berühmter Mann werden. Während sein Name in die Geschichtsbücher eingeht, würde Donahue im Dunkeln bleiben.«

»Kein Wunder, daß er dich nicht auf Jupiter 9 haben wollte, Lucky«, sagte Bigman böse.

Lucky zuckte die Achseln. »Reg dich nicht auf, Bigman!«

Aber der war nicht zu bremsen. »Dieser Dreckskerl! Wenn's nach ihm ginge, könnte Sirius die Erde erobern – Hauptsache, er darf mit dem blöden Raumschiff fliegen.« Er hob die geballte Faust. Sofort knurrte Mutt drohend.

»Was tun Sie da, Bigman?« fragte Norrich scharf.

»Was?« Bigman war verblüfft. »Gar nichts!«

»Haben Sie eine drohende Geste gemacht?«

Bigman nahm sofort den Arm herunter. »Halb so schlimm!«

»Sie müssen etwas vorsichtig sein, wenn Mutt dabei ist. Er wurde abgerichtet, mich zu beschützen . . . Warten Sie, ich führe es Ihnen mal vor. Kommen Sie jetzt auf mich zu, als ob Sie mich schlagen wollten!«

Lucky widersprach. »Das ist nicht nötig. Wir . . .«

»Bitte«, sagte Norrich. »Es ist ganz ungefährlich. Ich halte Mutt schon rechtzeitig zurück. Ich möchte es wirklich mal ausprobieren. Die Männer hier gehen derartig rücksichtsvoll mit mir um, daß ich gar nicht mehr weiß, ob er noch so scharf ist, wie er sein sollte. Los, greifen Sie mich an, Bigman!«

Bigman ging zögernd auf ihn los und hob den rechten Arm, als wollte er ihn schlagen. Sofort legte Mutt die Ohren an. Seine Augen wurden zu schmalen Schlitzen. Er entblößte die scharfen Fänge. Die Muskeln der Hinterbeine spannten sich zum Sprung, und aus seiner Kehle drang ein heiseres Knurren.

Bigman zog sich hastig zurück, und Norrich kommandierte: »Platz, Mutt!« Der Hund gehorchte. Klar und deutlich empfand Lucky die Spannung und nachfolgende Erleichterung Bigmans und den liebevollen Stolz Norrichs.

»Na, wie kommen Sie mit dem 3-D-Ei zurecht, Bigman?« fragte Norrich.

»Ich hab's aufgegeben«, antwortete der kleine Marsbewohner resigniert. »Zwei Teile bekam ich zusammen. Dann war ich am Ende meines Lateins.«

Norrich lachte. »Reine Übungssache. Schauen Sie!«

Er nahm die beiden von Bigman zusammengesetzten Teile und sagte: »Kein Wunder. Sie haben sie falsch zusammengesetzt.« Er drehte das eine Teil herum, fügte sie wieder zusammen, und verfuhr so nach und nach mit den übrigen Teilen, bis er sieben zusammen hatte. Sie bildeten ein Ei mit einem Loch in der Mitte. Er griff zum achten Teil, dem Schlüsselstück, steckte es in das Loch, drehte es im entgegengesetzten Sinne des Uhrzeigers halb herum, drückte es vollends hinein und sagte: »Fertig!«

Dann warf er das eiförmige Gebilde in die Luft und fing es wieder auf. Bigman schämte sich seiner Ungeschicklichkeit.

Lucky erhob sich. »Nun, Mr. Norrich, wir sehen uns bald wieder. Ich werde nicht vergessen, was Sie mir über Summers und die anderen erzählt haben. Vielen Dank für den Drink.« Der stand immer noch auf dem Tisch. Lucky hatte ihn nicht angerührt.

»Habe mich gefreut, Sie kennenzulernen«, sagte Norrich, stand auf und schüttelte ihnen die Hand.

*

Lucky konnte lange nicht einschlafen. Er lag im dunklen Zimmer mehr als hundert Meter unter der Oberfläche von Jupiter 9, hörte aus dem Nebenzimmer Bigmans leichtes Schnarchen und ging in Gedanken viele Male die Ereignisse des Tages durch.

Er war beunruhigt! Irgend etwas war geschehen, was nicht hätte geschehen dürfen. Oder es war etwas nicht geschehen, was hätte geschehen sollen . . .

Aber die Müdigkeit verhinderte, daß er das Problem klar erkannte. Es war auch so unwirklich. Es war nahe daran, alles zu durchschauen. Aber wenn er die Wahrheit am Zipfel zu fassen meinte, entschlüpfte sie ihm wieder.

Am nächsten Morgen konnte er sich an nichts mehr erinnern.

Lucky stand nach dem Duschen unter dem Warmluftventilator, um sich abzutrocknen. Von nebenan hörte er Bigmans Stimme.

»He, Lucky, ich habe den Kohlenstoffdioxyk-Zylinder für den V-Frosch aufgefüllt und frischen Tang ins Becken gegeben. Du nimmst ihn doch mit zu unserem Treffen mit dem verdammten Commander, nicht wahr?«

»Auf jeden Fall, Bigman.«

»Dann ist alles klar. Wie wär's denn, wenn ich dem Commander mal sage, was ich von ihm halte?«

»Na, na, Bigman!«

»Schon gut. Ich geh jetzt unter die Dusche.«

Wie alle Menschen des Sonnensystems, die auf einem anderen Planeten als der Erde großgeworden waren, war Wasser für Bigman ein heißbegehrter Luxus. Eine ausgiebige Dusche gehörte zu seinen schönsten Erlebnissen. Lucky machte sich schon auf eine längere Katermusik gefaßt, die Bigman für einwandfreien Tenorgesang hielt. Bald schwelgte der Kleine in einer Melodie, die kaum wiederzuerkennen war, so falsch und so schrill sang er. Lucky hatte sich gerade fertig angezogen, als das Telefon summte.

Lucky schaltete auf Sprechbereitschaft. »Starr hier.«

»Starr!« Auf dem Bildschirm erschien Commander Donahues faltenreiches Gesicht. Mit den fest aufeinandergepreßten schmalen Lippen machte er auf Lucky einen feindseligen Eindruck. »Ich habe da etwas von einem Kampf zwischen Ihnen und einem unserer Männer läuten hören.«

»Ja.«

»Ich sehe, Sie sind unverletzt.«

Lucky lächelte. »Heil und gesund.«

»Sie wissen, daß ich Sie gewarnt habe.«

»Ich habe mich nicht beschwert.«

»Das ist wahr. Aber im Interesse des Projekts möchte ich Sie fragen, ob Sie die Absicht haben, darüber einen Bericht anzufertigen.«

»Falls sich kein direkter Zusammenhang mit dem Problem herausstellt, dessentwegen ich hier bin, werde ich den Vorfall nirgends erwähnen.«

»Gut!« Donahue war sichtlich erleichtert. »Gilt das auch

für unsere Besprechung heute morgen? Falls sie auf Tonband aufgenommen wird, hätte ich es doch lieber . . .«

»Es besteht kein Grund, über die Sache noch zu diskutieren, Commander.«

»Sehr gut!« Der Commander fiel in einen nahezu herzlichen Ton. »Ich erwarte Sie dann in einer Stunde.«

Im Unterbewußsein hörte Lucky, daß Bigman die Dusche abgestellt hatte und sein Gesang in ein Summen übergegangen war. Jetzt brach auch das Summen ab, und es herrschte Stille.

»Ja, Commander, gut . . .« sagte Lucky, als Bigman einen wilden, unartikulierten Schrei ausstieß.

»Lucky!«

Lucky sprang auf und war mit zwei Schritten an der Verbindungstür.

Bigman war aber noch eher da. Seine Augen waren schreckgeweitet. »Lucky! Der V-Frosch! Er ist tot! Man hat ihn umgebracht!«

VII

ES MUSS EIN ROBOTER GEWESEN SEIN

Das Plastikbecken des V-Froschs war zertrümmert, das Wasser auf den Fußboden geflossen. Die Farnwedel, an denen er zuletzt geknabbert hatte, bedeckten den kleinen Körper fast. Der V-Frosch war sehr, sehr tot.

Der tote V-Frosch konnte keine freundschaftlichen Gefühle mehr in seinem Betrachter hervorrufen. Statt dessen spürte Lucky starken Ärger. Vornehmlich ärgerte er sich über sich selbst, weil er es zugelassen hatte, daß man ihm seinen Trumpf wegnahm.

Bigman, der frisch von der Dusche kam und nur Shorts anhatte, ballte und öffnete seine Fäuste wie im Krampf. »Ich bin schuld, Lucky. Es ist mein Fehler. Ich habe so laut unter der Dusche gegrölt, daß ich nicht hörte, wie jemand reinkam.«

Der Ausdruck »jemand kam rein« war nicht ganz angemessen. Der Eindringling war nicht einfach reingekommen, er hatte sich den Eintritt gewaltsam erzwungen. Das Schloß war weggeschmolzen. Er mußte mit einem Energieprojektor von ziemlich großem Kaliber zu Werke gegangen sein.

Lucky ging ans Telefon. »Commander Donahue?«

»Ja, was ist los? Irgendwas passiert?«

»Wir sehen uns in einer Stunde.« Lucky trennte die Verbindung und trat zu dem bekümmerten Bigman. »Die Schuld liegt bei mir, Bigman«, sagte er düster. »Onkel Hector meinte, die Sirianer hätten die Telepathiekräfte des V-Frosches noch nicht erkannt, und leichtsinnigerweise verließ ich mich darauf. Ich habe die Sirianer unterschätzt. Einer von uns hätte den V-Frosch zu jeder Sekunde im Auge behalten müssen.«

*

Lieutenant Nevsky holte sie ab. In strammer Haltung stand er vor der Tür, als Lucky und Bigman auf den Gang traten.

»Ich bin sehr froh, Sir, daß Sie heil aus dem Kampf hervorgegangen sind«, sagte er mit leiser Stimme. »Sie wissen ja, daß ich nur auf Ihren ausdrücklichen Befehl den Kampfplatz verließ.«

»Vergessen Sie es, Lieutenant«, sagte Lucky geistesabwesend. Er dachte an den gestrigen Abend, als kurz vor dem Einschlafen ein wichtiger Gedanke am Rand seines Bewußtseins aufgetaucht und sofort wieder verschwunden war. Er wollte und wollte ihm nicht wieder einfallen. Darum zwang sich Lucky, sich jetzt mit anderen Dingen zu beschäftigen.

Sie betraten den Agrav-Korridor. Er war von vielen Männern belebt, die unbefangen und reibungslos in beiden Richtungen dahinflogen. Es war die typische Atmosphäre kurz vor Beginn eines Werktags. Obwohl es für die Männer, die unter der Mondoberfläche arbeiteten, weder Tag noch Nacht gab, hatte man die übliche 24-Stunden-Einteilung beibehalten. Die Menschen verpflanzten den gewohnten Erdrhythmus auf alle Welten, die sie besiedelten. Auch wenn sie in Schichten rund um die Uhr arbeiteten, wurde doch die Mehrzahl zur »Tagesschicht« von neun bis fünf Uhr, solare Standardzeit, eingeteilt.

Es war jetzt kurz vor neun, und in den Agrav-Korridoren herrschte geschäftiges Treiben, weil die Männer sich an ihre Arbeitsplätze begaben. Das Gefühl, es sei früher Morgen, beherrschte alle, als stände wirklich die Sonne tief am östlichen Horizont und als läge glitzernder Tau auf den Gräsern.

*

Als Lucky und Bigman das Konferenzzimmer betraten, saßen bereits zwei Männer am Tisch. Der eine war Commander Donahue, dessen Gesicht seine mühsam beherrschte Erregung verriet.

Er stand auf und stellte ohne jede Freundlichkeit den anderen Herrn vor. Es war James Panner, Chefingenieur und Projektleiter auf der zivilen Seite. Panner war ein stämmiger Mann mit dunklem Teint, tiefliegenden dunklen Augen und einem Stiernacken. Er trug ein Hemd mit offenem Kragen und keinerlei Abzeichen, die auf seinen Rang hinwiesen.

Lieutenant Nevsky grüßte militärisch und zog sich zurück. Commander Donahue wartete ab, bis sich die Tür geschlossen hatte, ehe er begann: »Wir vier sind jetzt unter uns. Also kommen wir zur Sache!«

»Wir vier? Sie vergaßen, die Katze zu erwähnen«, sagte Lucky. Dabei streichelte er das kleine Tier, das sich mit den Vorderpfoten auf der Tischplatte festkrallte und ihn mit ernsten Augen ansah. »Ist das dieselbe Katze, der ich gestern begegnete?«

Der Commander zog die Brauen zusammen. »Vielleicht. Vielleicht auch nicht. Wir haben eine ganze Menge Katzen auf dem Satelliten. Aber wir sind ja nicht zusammengekommen, um über Haustiere zu sprechen.«

»Im Gegenteil, Commander«, widersprach Lucky. »Wir sollten mit diesem Thema beginnen. Nur deshalb erwähnte ich die Katze. Erinnern Sie sich noch an mein Haustier, Sir?«

»Das Tierchen von der Venus«, sagte der Commander mit plötzlicher Wärme in der Stimme. »Sicher erinnere ich mich. Es war . . .« Er brach plötzlich ab, denn es kam ihm zu Bewußtsein, daß er fast ins Schwärmen geraten wäre.

»Dieses Tierchen von der Venus«, erklärte Lucky, »besaß besondere Fähigkeiten. Es konnte Gefühle wahrnehmen. Es konnte Gefühle übertragen. Und es konnte sogar Gefühle hervorrufen!«

Während der Commander staunend die Augen aufriß, sagte Panner mit rauher Stimme: »Das Gerücht habe ich schon einmal gehört, Ratsmann. Ich lachte darüber.«

»Kein Grund zum Lachen. Es ist die reine Wahrheit. Im Grunde hatte ich um diese Besprechung nur gebeten, damit wir Vorbereitungen für folgende Aktion treffen: ich wollte jeden, der am Projekt mitwirkt, in Gegenwart des V-Frosches befragen. Es ging mir dabei um eine Gefühlsanalyse.«

Der Commander hatte sich von seinem Erstaunen noch nicht erholt. »Was würden Sie damit beweisen?«

»Ich weiß es nicht. Vielleicht gar nichts. Jedenfalls wollte ich es versuchen.«

Panner lehnte sich vor. »Sie wollten es versuchen? Warum sprechen Sie in der Vergangenheit, Ratsmann Starr?«

Lucky sah die beiden Projektleiter mit tiefernstem Ausdruck an. »Mein V-Frosch ist tot.«

»Heute morgen umgebracht worden«, fügte Bigman wutschnaubend hinzu.

»Wer hat ihn umgebracht?« fragte der Commander.

»Wir haben keine Ahnung.«

Der Commander lehnte sich zurück. »Damit werden Ihre Nachforschungen also ausgesetzt, bis Sie einen neuen V-Frosch erhalten.«

»Darauf werde ich nicht warten«, antwortete Lucky entschieden. »Die Tatsache, daß jemand den V-Frosch umbrachte, spricht für sich. Sie macht die ganze Angelegenheit noch dringlicher.«

»Was soll das heißen?«

Drei Augenpaare starrten Lucky an. Auch Bigman war überrascht.

»Wie gesagt, war der V-Frosch imstande, Gefühle hervorzurufen«, sagte Lucky. »Sie selbst, Commander Donahue, haben das an sich erlebt. Können Sie sich noch an Ihre Gefühle erinnern, als Sie gestern den V-Frosch an

Bord meines Schiffs zum erstenmal erblickten? Sie standen unter starkem Streß. Aber als Sie den V-Frosch entdeckten . . . wissen Sie noch, was Sie da für ein Gefühl hatten, Sir?«

»Das kleine Wesen war mir auf der Stelle sympathisch«, gab der Commander zögernd zu.

»Können Sie rückblickend sagen, warum?«

»Nein. Er war eigentlich ziemlich häßlich.«

»Und trotzdem war er ihnen sympathisch, ob Sie wollten oder nicht. Hätten Sie ihm ein Leid zufügen können?«

»Ich glaube nicht.«

»Sie hätten es bestimmt nicht gekonnt. Niemand konnte es, der Gefühle besitzt. Und doch brachte es jemand fertig. Einer hat ihn getötet.«

»Wollen Sie uns dieses Paradox erklären?« fragte Panner.

»Das ist leicht getan. Ich sagte: niemand mit Gefühl. Wer besitzt denn keine Gefühle? Ein Roboter! Man muß also annehmen, daß es auf Jupiter 9 einen Roboter gibt, einen mechanischen Menschen, der einem wirklichen Menschen zum Verwechseln ähnlich sieht.«

»Sie meinen einen Androiden?« explodierte Commander Donahue. »Unmöglich! Sowas gibt es nur im Märchen.«

»Sie sind offenbar nicht darüber unterrichtet, Commander, welchen hohen Grad an Vollkommenheit die Sirianer bei der Herstellung von Robotern erreicht haben«, sagte Lucky. »Ich könnte mir vorstellen, daß sie einen Mann auf Jupiter 9 zum Modell genommen haben, einen völlig integeren Mann, und nach diesem Modell einen Roboter bauten, den sie an seiner Stelle einschmuggelten. Sie wären in der Lage, einen solchen

Androiden mit besonderen Apparaten zu bestücken, die aus ihm den perfekten Spion machen. Zum Beispiel kann er vielleicht im Dunkeln sehen oder Dinge durch dicke Materie hindurch erkennen. Zweifellos wäre er auch mit Geräten ausgestattet, um Informationen durch den Subäther zu übermitteln.«

Der Commander schüttelte den Kopf. »Lächerlich! Der V-Frosch kann ohne weiteres von einem Menschen getötet worden sein. Von einem Mann, der in seiner Verzweiflung keinen anderen Ausweg sah. Gegenüber einem solchen Mann hätten auch die besonderen Fähigkeiten eines V-Frosches versagt. Haben Sie einmal daran gedacht?«

»Ja«, sagte Lucky. »Aber was könnte einen Mann so zur Verzweiflung treiben, daß er sich dazu hinreißen läßt, einen harmlosen V-Frosch zu töten? Ja, wenn der V-Frosch alles andere als harmlos wäre, sondern im Gegenteil eine furchtbare Gefahr für ihn darstellte! Diese Gefahr kann nur in der Fähigkeit des Tieres liegen, die Gefühle des Täters wahrzunehmen und zu übertragen. Angenommen, diese Gefühle hätten den Täter sofort als Spion entlarvt.«

»Wie wäre das möglich?« fragte Panner.

Lucky wandte sich an ihn. »Wie aber, wenn der Täter überhaupt keine Gefühle besitzt? Würde ihn die Entdekkung dieses Mangels nicht als Roboter entlarven? . . . Oder überlegen wir mal andersherum. Warum tötete er *nur* den V-Frosch? Er riskierte viel, als er bei uns einbrach. Doch er hatte Glück. Einer von uns war gerade in der Duschkabine, der andere telefonierte. Beide waren wir auf nichts Böses gefaßt. Warum tötete er dann nicht uns statt des V-Frosches? Oder uns und den V-Frosch obendrein?«

»Wahrscheinlich hatte er keine Zeit mehr«, sagte der Commander.

Es gibt einen anderen Grund, der mehr einleuchtet«, sagte Lucky. »Kennen Sie die drei Gesetze der Robotik? Die Verhaltensregeln, die alle Robotern einprogrammiert sind?«

»So ungefähr dem Sinne nach«, sagte der Commander. »Wörtlich zitieren kann ich sie nicht.«

»Wenn Sie gestatten«, sagte Lucky, »möchte ich es tun. Sie werden dann gleich merken, warum. Das erste Gesetz lautet: Ein Roboter darf keinem Menschen Schaden zufügen oder zulassen, daß ein Mensch Schaden erleidet. Das zweite Gesetz: Ein Roboter muß jeden Befehl eines Menschen ausführen, ausgenommen wenn er dabei gegen das erste Gesetz verstoßen würde. Das dritte Gesetz: Ein Roboter muß sich gegen seine Zerstörung zur Wehr setzen – ausgenommen, wenn er bei dieser Verteidigung gegen das erste oder zweite Gesetz verstoßen würde.«

Panner nickte. »Sehr schön, Ratsmann. Aber was wollen Sie damit beweisen?«

»Man kann einem Roboter befehlen, den V-Frosch zu töten, da es sich um ein Tier handelt. Um einen Befehl auszuführen – zweites Gesetz –, wird ein Roboter sogar die Gefahr der eigenen Zerstörung auf sich nehmen, weil Selbstschutz nur das dritte Gesetz ist. Aber den Befehl, Bigman oder mich zu töten, würde er nie ausführen, da er gegen das erste und höchste Gesetz verstößt. Ein menschlicher Spion hätte uns beide und den V-Frosch getötet, ein Roboterspion nur den V-Frosch. Sämtliche Indizien deuten in eine Richtung, Commander.«

Minuten lang blieb der Commander regungslos sitzen und brütete vor sich hin. Die Falten in seinem Gesicht vertieften sich. Dann fragte er: »Was schlagen Sie vor? Wollen Sie jeden Mann, der am Projekt arbeitet, röntgen?«

»Nein«, antwortete Lucky sofort. »So einfach geht das nicht. Es wird nicht nur hier, sondern auch anderswo spioniert. Wenn hier ein humanoider Roboter im Einsatz ist, dann mit Sicherheit auch an den anderen Orten. Je mehr von ihnen wir schnappen, umso besser. Ideal wäre es, wenn wir sie alle kriegten. Darum müssen wir beim Aufspüren des Roboterspions auf Jupiter 9 so unauffällig wie möglich vorgehen. Sonst warnen wir den Feind, und er wird seine Roboterspione vorübergehend abziehen, um sie später erneut einzusetzen.«

»Dann formulieren Sie Ihren Vorschlag!«

»Ich bin dafür, langsam vorzugehen. Hat man eine Person im Verdacht, ein Roboter zu sein, so gibt es Mittel und Wege, sie zu überführen, ohne daß sie es merkt. Ich spreche hier aus Erfahrung.

Zum Beispiel weiß ich, daß Sie kein Roboter sind, Commander. Denn gestern entdeckte ich, daß Sie Gefühle haben. Ich habe absichtlich Ihren Zorn erregt, um meinen V-Frosch zu testen. Ich möchte mich nachträglich dafür entschuldigen.«

Donahue verfärbte sich. »Ich . . . ein Roboter?«

»Wie gesagt, ich bediente mich Ihrer nur, um meinen V-Frosch zu testen.«

»Dann sind Sie also bei mir noch im Zweifel, Ratsmann«, bemerkte Panner trocken. »Ich habe ja Ihren V-Frosch nie zu Gesicht bekommen.«

»Das stimmt«, sagte Lucky ruhig. »Sie sind noch nicht außer Verdacht. Ziehen Sie sich das Hemd aus!«

»Was?« rief Panner empört. »Warum?«

»So«, sagte Lucky milde, »jetzt sind Sie außer Verdacht. Denn ein Roboter hätte diesen Befehl auf der Stelle ausgeführt.«

Der Commander schlug mit der Faust auf den Tisch. »Nun ist es aber genug! Die Sache muß ein Ende haben. Sie werden keinen meiner Männer testen oder in anderer Weise belästigen. Ich habe auf diesem Satelliten einen Auftrag zu erfüllen, Ratsmann Starr. Ich soll ein Agrav-Schiff in den Weltraum befördern, und ich *werde* es in den Weltraum befördern. Meine Männer sind genügend durchleuchtet worden. Keiner von ihnen ist ein feindlicher Spion. Ihre Robotergeschichte ist ein Hirngespinst. Ich glaube kein Wort davon.«

Donahue fuhr sich mit fünf Fingern durch die Haare. »Ich habe Ihnen schon gestern erklärt, Starr, daß ich Ihnen nicht gestatten werde, die Männer auf diesem Satelliten zu beunruhigen und ihre Moral zu untergraben. Ihre Antwort bestand darin, mir Beleidigungen ins Gesicht zu schleudern. Jetzt behaupten Sie, daß Sie nur Ihr Tierchen testen wollten. Das ist nicht weniger beleidigend für mich. Ich sehe deshalb keinen Grund, warum ich mit Ihnen zusammenarbeiten sollte, und ich weigere mich, es zu tun. Und jetzt sage ich Ihnen, was ich in der Zwischenzeit veranlaßt habe.«

Er sah Lucky mit einem Ausdruck heimlichen Triumphs an. »Ich habe jede Verbindung mit der Erde unterbrochen und über Jupiter 9 das Ausnahmerecht verhängt. Das bedeutet, daß ich von jetzt an Militärdiktatur auf diesem Mond ausübe. Haben Sie mich verstanden?«

Luckys Augen wurden schmal. »Als Mitglied des Wissenschaftsrates stehe ich im Rang über Ihnen.«

»Und wie gedenken Sie sich durchzusetzen? Meine Männer haben ihre Befehle erhalten, und sie werden mir gehorchen. Falls Sie auf irgendeine Weise, sei es durch Wort oder Tat, die Durchführung meiner Befehle zu verhindern suchen, werden Sie notfalls mit Gewalt festgenommen und unter Arrest gestellt.«

»Und wie lauten Ihre Befehle?«

»Morgen um sechs Uhr nachmittags, solare Standardzeit«, sagte Commander Donahue, »wird das erste Agrav-Schiff der Welt zu seinem Jungfernflug von Jupiter 9 nach Jupiter 1, dem Mond Io, starten. Nach unserer Rückkehr – ich wiederhole: *nach* unserer Rückkehr; Ratsmann Starr, und nicht eine Stunde eher – dürfen Sie mit Ihren Ermittlungen anfangen. Und wenn Sie dann Verbindung mit der Erde aufzunehmen wünschen, um mich vor ein Kriegsgericht zu bringen, stehe ich Ihnen zur Verfügung.«

Commander Donahue sah Lucky Starr fest ins Auge.

Lucky wandte sich an Panner. »Ist das Schiff startbereit?«

»Ich denke, ja«, antwortete Panner.

»Wir starten morgen«, wiederholte Donahue von oben herab. »Nun, wie ist es, Ratsmann Starr, sind Sie einverstanden, oder muß ich Sie unter Arrest stellen?«

Die Stille, die diesen Worten folgte, war zum Schneiden dick, Bigman hielt buchstäblich den Atem an. Die Finger des Commanders waren in unablässiger Bewegung. Seine Nase war weiß und wirkte spitzer als sonst. Panner fummelte einen Kaugummi aus der Hemdtasche, entfernte mit einer Hand die Kunststoffhülle und steckte den Gummi in den Mund.

Und dann faltete Lucky lässig die Hände, lehnte sich weit zurück und verkündete: »Ich werde gern mit Ihnen zusammenarbeiten, Commander.«

VIII

SCHACH DEM BLINDEN!

Bigman war außer sich. »Lucky! Du läßt es dir gefallen, daß er deine Nachforschungen einfach unterbindet?«

»Nicht direkt, Bigman. Wir werden ebenfalls an Bord des Agrav-Schiffs sein und dort unsere Ermittlungen fortsetzen.«

»Nein, Sir«, widersprach der Commander klipp und klar. »Sie werden nicht an Bord sein. Glauben Sie das keinen Augenblick!«

»Wer soll mitfliegen, Commander?« fragte Lucky. »Sie sind dabei, nehme ich an.«

»Ich. Dann Panner als Chefingenieur. Zwei meiner Offiziere, fünf weitere Ingenieure und fünf Mann Besatzung. Die Auswahl wurde schon vor einiger Zeit getroffen. Ich und Panner als die verantwortlichen Leiter des Projekts. Die fünf Ingenieure steuern das Schiff. Die übrigen als Anerkennung für hervorragende Leistungen während der Arbeit am Projekt.«

»Was verstehen Sie unter hervorragenden Leistungen?« fragte Lucky nachdenklich.

»Das beste Beispiel«, beeilte sich Panner zu erklären, »ist wohl Harry Norrich, der . . .«

Bigman horchte überrascht auf. »Sie meinen den Blinden?«

»Sie kennen ihn also?«

»Wir lernten ihn gestern abend kennen«, sagte Lucky.

»Nun«, sagte Panner, »Norrich ist von Anfang an dabei. Er verlor sein Augenlicht, als er sich zwischen zwei Kontaktstellen warf, um ein Kraftfeld zu unterbrechen. Er verbrachte fünf Monate im Hospital, aber sein

Augenlicht war nicht mehr zu retten. Durch seine Heldentat verhinderte er ein riesiges Unglück. Ohne ihn wäre ein Teil des Satelliten von der Größe eines Berges in den Raum hinausgeblasen worden. Er rettete 200 Männern das Leben. Und er rettete damit das gesamte Projekt. Denn nach einem derartigen Unglücksfall gleich zu Beginn hätte der Kongreß wohl kaum noch weitere Mittel für den Fortgang der Arbeiten bewilligt. Das sind die Leistungen, von denen der Commander sprach. Leistungen, durch die sich ein Mann einen Ehrenplatz bei der Jungfernreise des Agrav-Schiffs erwerben konnte.«

»Wirklich schade, daß Norrich dem Jupiter so nahe kommen wird und ihn doch nicht sehen kann.« Bigmans Augen verengten sich. »Wie kommt er nur an Bord zurecht?«

»Wir nehmen Mutt auch mit«, sagte Panner. »Er ist ein guterzogener Hund.«

»Das wollte ich nur wissen«, rief Bigman hitzig. »Wenn ihr Burschen einen Hund mitnehmen könnt, dann könnt ihr auch Lucky und mich mitnehmen.«

Commander Donahue sah ungeduldig auf seine Armbanduhr. Dann legte er die Handflächen auf die Tischplatte, als wolle er aufstehen und gehen. »Damit wäre unsere Besprechung beendet, Gentlemen.«

»Nicht ganz«, erwiderte Lucky. »Eine kleine Sache bleibt zu klären. Bigman drückte es etwas grob aus. Aber er hat recht. Er und ich werden beim Start des Agrav-Schiffs an Bord sein.«

»Nein«, sagte Commander Donahue hart. »Unmöglich!«

»Ist das zusätzliche Gewicht von zwei Personen zuviel für das Schiff?«

Panner lachte. »Wir könnten einen ganzen Berg einladen, und das Schiff würde genauso manövrierfähig sein!«

»Oder fehlt es Ihnen an Platz?«

Der Commander starrte Lucky böse an. »Ich habe es nicht nötig, Ihnen Gründe anzugeben. Sie werden nicht mit an Bord kommen, und damit basta! Ist das klar?«

In seinen Augen las Lucky Genugtuung. Offenbar war dies die Revanche für die scharfe Zurechtweisung, die ihm Lucky an Bord der Lucky Starr erteilt hatte.

»Sie sollten uns lieber doch mitnehmen, Commander«, sagte Lucky ruhig.

Donahue lächelte tückisch. »Warum? Soll ich auf Anordnung des Wissenschaftsrats meines Postens enthoben werden? Sie werden bis zu unserer Rückkehr keine Verbindung mit der Erde aufnehmen können, und danach können sie mich von meinen Pflichten entbinden, wenn sie wollen.«

»Ich glaube, Sie haben die Sache nicht richtig durchdacht, Commander«, antwortete Lucky. »Man könnte Sie ja auch rückwirkend vom heutigen Tage an ihrer Stellung entheben. Und ich versichere Ihnen, man wird es tun. In den Verlautbarungen der Regierung wird dann nicht Ihr Name als Kommandant des Agrav-Schiffs auf seinem ersten Flug erscheinen, sondern der Name Ihres Nachfolgers, wer immer es sein mag. Ja, aus den offiziellen Bulletins wird hervorgehen, daß Sie überhaupt nicht an Bord waren!«

Commander Donahue erbleichte. Er sprang auf, und einen Augenblick sah es so aus, als wolle er sich auf Lucky stürzen.

»Nun«, fragte Lucky, »wie lautet Ihre Entscheidung, Commander?«

Donahues Stimme war kaum wiederzuerkennen, als er endlich antwortete: »Sie können mitfliegen.«

*

Den Rest des Tages verbrachte Lucky im Archiv. Er studierte aufmerksam die Personalakten verschiedener beim Projekt beschäftigter Männer. Währenddessen wurde Bigman von Panner in den Labors herumgeführt und besichtigte auch einige große Werkshallen.

Erst als sie nach dem Abendessen in ihre Zimmer zurückkamen, konnten sie ohne Zeugen miteinander sprechen. Aber Lucky tat den Mund nicht auf. Das war nichts besonderes, denn der junge Ratsmann war noch nie besonders gesprächig gewesen. Aber Bigman bemerkte eine schmale Falte zwischen seinen Augen und wußte, daß Lucky Sorgen hatte.

»Wir machen wohl keine Fortschritte, was, Lucky?«

Lucky schüttelte den Kopf. »Jedenfalls keine nennenswerten.«

Er hatte aus der Bücherei einen Buchfilm mitgebracht. Bigman erspähte den Titel: *Fortgeschrittene Robotik.* Lucky spulte das Filmband vorschriftsmäßig in das Lesegerät ein.

Bigman wurde unruhig. »Wirst du den ganzen Abend mit dem Buch beschäftigt sein, Lucky?«

»Ich fürchte, ja.«

»Hast du etwas dagegen, wenn ich indessen Norrich einen nachbarlichen Besuch abstatte?«

»Geh nur!« Lucky hatte das Lesegerät aufgesetzt und lehnte sich mit locker gekreuzten Armen in seinem Sessel zurück.

Bigman ging und schloß die Tür hinter sich. Draußen

verharrte er eine Zeitlang. Er war nervös. Er hätte seinen Plan zuerst mit Lucky besprechen sollen, soviel war ihm klar. Aber die Versuchung war zu groß . . .

Eigentlich unternehme ich ja gar nichts, sagte er sich. Ich will nur etwas nachprüfen. Wenn ich mich irre, hab' ich mich eben geirrt. Warum damit extra Lucky belästigen? Aber wenn meine Vermutung sich als richtig erweist, dann bringe ich Lucky eine wirklich wichtige Nachricht!

Er klingelte. Sofort öffnete sich die Tür. Und da saß Norrich an einem Schachtisch mit ungewöhnlichen Figuren auf dem Brett. Seine blinden Augen waren auf die Tür gerichtet.

»Ja?« fragte er.

»Bigman hier«, meldete sich der kleine Mann vom Mars.

»Bigman! Treten Sie ein! Nehmen Sie Platz! Ist Ratsmann Starr auch mitgekommen?«

Die Tür schloß sich, und Bigman sah sich in dem hell erleuchteten Zimmer um. Sein Mund wurde schmal. »Nein, er ist noch beschäftigt. Ich aber habe für heute von Agrav die Nase voll. Dr. Panner hat mich überall herumgeführt. Nur habe ich kaum etwas verstanden.«

Norrich lächelte. »Ach, das geht vielen so. Aber einige Grundbegriffe sind wirklich nicht schwer zu verstehen.«

»Nein? Macht es Ihnen etwas aus, sie mir zu erklären?« Bigman setzte sich in einen breiten Sessel und beugte sich vor, um unter Norrichs Werkbank zu schauen. Da lag Mutt. Er hatte den Kopf zwischen den Vorderpfoten, und mit einem Auge blickte er zu Bigman hoch.

Ich muß Norrich zum Reden bringen, dachte Bigman. Ich muß ihn zum Reden bringen, bis ich den schwachen Punkt herausfinde.

»Sehen Sie«, begann Norrich und hielt eine der runden

Figuren vom Schachbrett in die Höhe. »Schwerkraft ist eine Form von Energie. Ein Gegenstand wie dieser, den ich hier in der Hand habe, der unter dem Einfluß eines Schwerefeldes ist, aber festgehalten wird, besitzt sogenannte potentielle Energie. Lasse ich ihn los, so verwandelt sich die potentielle Energie in Bewegung – oder kinetische Energie, wie man das nennt. Unter dem Einfluß der Schwerkraft fällt er schneller und immer schneller.« Dabei ließ er die Figur los, sodaß sie herunterfiel.

»Bums«, machte Bigman. Die Figur fiel auf den Fußboden und rollte ein Stück weiter.

Norrich faßte mit der Hand nach unten, als wolle er sie aufheben. »Würden Sie sie mir geben, Bigman? Ich weiß nicht, wohin sie gerollt ist.«

Bigman unterdrückte seine Enttäuschung. Er hob die Figur auf und gab sie Norrich.

»Nun, das war der Stand der Dinge bis vor kurzem. Potentielle Energie konnte in kinetische Energie umgewandelt werden und in sonst gar nichts. Natürlich konnte man kinetische Energie nutzen. Zum Beispiel nutzte man die Niagarafälle zur Erzeugung von Strom. Aber das ist eine andere Geschichte. Im Weltraum führt Schwerkraft unweigerlich zu Bewegung. Etwas anderes gibt es nicht!«

Er machte eine bedeutungsvolle Pause, ehe er im Lehrerton fortfuhr: »Denken Sie an die Jupitermonde! Wir sind auf Jupiter 9, ziemlich weit draußen. Genau 24 Millionen Kilometer. In bezug auf den Jupiter haben wir eine ungeheure Menge an potentieller Energie. Eine Reise zu Jupiter 1, dem Mond Io, der nur 456 000 Kilometer vom Jupiter entfernt ist, ist praktisch ein einziger Sturz über diese vielen Millionen Kilometer hinweg. Wir erreichen dabei gewaltige Geschwindigkeiten, die wir ständig abbremsen müssen, indem wir einen Hyperatommotor in entgegengesetzter Richtung einsetzen. Das verschlingt natürlich enorme Energie. Und falls wir unser Ziel auch nur um ein Geringes verfehlen, besteht die Gefahr, daß wir unseren Sturz fortsetzen. Das Endziel kann dann nur der Planet Jupiter selbst sein – und Jupiter bedeutet für uns sofortigen Tod. Gelingt uns die weiche Landung auf dem Mond Io, bleibt immer noch das Problem, wie wir zu Jupiter 9 zurückkommen sollen. Denn wir müssen uns all die vielen Millionen Kilometer gegen die Schwerkraft des Jupiter gleichsam erheben. Der Energiebedarf, den Reisen zwischen den Jupitermonden erfordert, ist unerschwinglich.«

»Und Agrav?« warf Bigman ein.

»Ah! Da ändert sich das Bild! Mit einem Agrax-Konverter kann man potentielle Energie nicht nur in kinetische, sondern auch in andere Formen von Energie umwandeln. Im Agrav-Korridor zum Beispiel wird die Schwerkraft in einer Richtung dazu benutzt, um das Schwerefeld in der entgegengesetzten Richtung aufzuladen. Die Leute, die in der einen Richtung fallen, liefern also während dieses Vorgangs die Energie für die Leute, die nach der anderen Richtung fallen. Indem man während des Fallens einen bestimmten Prozentsatz an Energie abgibt, erreicht man, daß der eigene Fall nicht schneller wird, sondern gleichmäßig bleibt. Man kann mit jeder gewünschten Geschwindigkeit unterhalb der natürlichen Fallgeschwindigkeit fallen. Sie verstehen, was ich meine?«

Dessen war sich Bigman zwar nicht ganz sicher, aber er forderte den anderen auf: »Weiter!«

»Im Weltraum ist es anders. Dort gibt es kein zweites Schwerefeld, an das man Energie abgeben könnte. Statt dessen verwandelt man sie dort in hyperatomische Feldenergie und speichert sie dann. Mit dieser Methode kann ein Raumschiff von Jupiter 9 auf Io mit jeder gewünschten Geschwindigkeit unterhalb der natürlichen Fallgeschwindigkeit fallen, ohne Energie zum Abbremsen zu verbrauchen. Der einzige Energieverbrauch entsteht, wenn man die eigene Geschwindigkeit kurz vor der Landung der Umlaufgeschwindigkeit des Io angleicht. Die Sicherheit des Raumschiffs ist hundertprozentig gewährleistet, weil man seine Geschwindigkeit immer unter vollkommener Kontrolle hat. Wenn nötig, kann man die Anziehungskraft des Jupiter völlig aufheben.«

Norrich holte tief Atem. »Der Rückflug zu Jupiter 9 erfordert jedoch auch bei Agrav Energie. Das ist nicht zu vermeiden. Aber jetzt hat man ja genügend im hyperatomischen Feldkondensator gespeichert. So nutzt man also praktisch die Energie aus Jupiters Schwerefeld zum Antrieb des Schiffs in entgegengesetzter Richtung aus.«

»Hört sich gut an«, bemerkte Bigman. Er wurde unruhig. Immer noch war er keinen Schritt weitergekommen. Plötzlich kam ihm eine Idee. »Womit spielen Sie denn da rum?«

»Das ist ein Schachspiel«, sagte Norrich. »Können Sie Schach?«

»Ein bißchen. Lucky hat es mir beigebracht. Aber es macht keinen Spaß, mit ihm zu spielen, weil er jedesmal gewinnt.« Dann fragte er unbefangen: »Wie bringen Sie es denn fertig, Schach zu spielen?«

»Sie meinen,weil ich blind bin?«

»Hmmm.«

»Schon gut. Die Frage verletzt mich nicht. Ich will es Ihnen erklären. Es ist kinderleicht. Das Brett ist magnetisch, und die Figuren bestehen aus einer leicht magnetisierten Legierung, sodaß sie feststehen, wenn ich einen Zug gemacht habe, und auch nicht gleich durcheinanderkollern, wenn ich unabsichtlich eine berühre. Hier, probieren Sie es mal selber aus, Bigman!«

Bigman faßte eine Figur und hob sie vom Brett. Zuerst fühlte es sich an, als klebe sie in dickem Syrup fest, aber nach einem Zentimeter war sie frei.

»Sie erkennen auch«, sagte Norrich, »daß es nicht die üblichen Schachfiguren sind.«

»Sie sehen mehr wie Würfel aus«, meinte Bigman.

»Ja, damit ich sie nicht so leicht umwerfen kann. Aber sie sind nicht gleich. Jede hat eine besondere Form, die ich durch Tasten erfühle und der normale Spieler mit den Augen erkennt. Sehen Sie sie sich genau an! Innerhalb einer Minute kennen sie sich mit den Figuren aus und können damit spielen.«

Bigman hatte keine Schwierigkeiten, sie auseinanderzuhalten. Die kreisförmig angeordneten erhabenen Punkte kennzeichneten offensichtlich die Dame, während das kleine Kreuz auf einer anderen Figur den König markierte. Die Figuren mit den schräg eingekerbten Rillen waren die Läufer. Ein Kreis von Vierecken bedeutete Türme, die abstehenden Pferdeohren deuteten auf Springer, und die Bauern hatten einfach oben abgerundete Köpfe.

Bigman war sprachlos. »Und was machen Sie im Augenblick?« fragte er nach einer Weile. »Spielen Sie gegen sich selber?«

»Nein, ich versuche, ein Schachproblem zu lösen. Was Sie vor sich sehen, ist die Ausgangsstellung. Die Aufgabe lautet: Matt in drei Zügen. Es gibt nur eine einzige Lösung, wie Weiß das erreichen kann, und ich versuche, sie herauszuknobeln.«

»Wie unterscheiden Sie denn Weiß und Schwarz?«

Norrich lachte. »Wenn Sie genau hinschauen, sehen Sie, daß die weißen Figuren ringsherum eine Rille aufweisen und die schwarzen glatt sind.«

»Ach so. Aber Sie müssen sich doch die Stellung auswendig merken?«

»Das ist nicht weiter schwer«, sagte Norrich. »Dazu brauche ich noch nicht einmal ein fotografisches Gedächtnis. Ich kann ja jederzeit mit der Hand über das Brett hinwegstreichen und die Stellung der Figuren fühlen. Die einzelnen Felder sind ebenfalls durch kleine Rillen voneinander abgegrenzt, sehen Sie?«

Bigman atmete schwer. An die Felder auf dem Schachbrett hatte er gar nicht gedacht. Norrich sagte die Wahrheit. Da waren quadratische Rillen. Bigman kam sich allmählich selber wie ein Schachspieler vor, der dicht davor steht, mattgesetzt zu werden.

»Kann ich Ihnen zugucken?« fragte er mit schriller Stimme. »Vielleicht finde ich die richtigen drei Züge.«

»Aber gern«, sagte Norrich bereitwillig. »Ich wünschte, Sie würden mir helfen. Ich sitze jetzt seit einer halben Stunde an dem Problem und bin allmählich frustriert.«

Eine Minute, zwei Minuten lang herrschte Schweigen. Dann stand Bigman vorsichtig auf. Er bewegte sich katzengleich, um das geringste Geräusch zu vermeiden. Nun zog er eine kleine Scheinwerferlampe aus der Tasche und bewegte sich auf Zehenspitzen mit ganz kurzen Schritten auf eine der Wände zu. Norrich saß über das Schachbrett gebeugt und rührte sich nicht. Bigman warf einen raschen Blick zu Mutt hinüber. Aber der Hund lag still.

Bigman erreichte die Wand und legte mit angehaltenem Atem eine Hand sachte und geräuschlos auf den

Lichtschalter. Das Licht ging aus, und das Zimmer lag in tiefer Dunkelheit.

Bigman hatte sich gemerkt, wo Norrich saß. Er hob die Taschenlampe.

Da hörte er einen gedämpften Laut und gleich darauf Norrichs Stimme. Überraschung und ein wenig Ärger klangen aus seiner Frage: »Warum haben Sie das Licht ausgemacht, Bigman?«

»Jetzt hab' ich Sie!« rief Bigman triumphierend. Er richtete den Strahl der Lampe voll auf Norrichs breites Gesicht. »Sie sind gar nicht blind, Sie Spion!«

IX

DAS AGRAV-SCHIFF

Norrich entgegnete warnend: »Ich weiß nicht, was Sie im Schilde führen, Mann, aber beim großen Weltraum, machen Sie keine unüberlegten Bewegungen, oder Mutt wird Sie anspringen!«

»Sie wissen genau, was ich vorhabe«, sagte Bigman, »denn Sie sehen sehr gut, daß ich meinen Nadelstrahler gezogen habe. Und ich glaube, Sie haben inzwischen gehört, was für ein sicherer Schütze ich bin. Wenn Ihr Hund mich anspringt, ist er erledigt.«

»Tun Sie Mutt nichts zuleide! Bitte!«

Die deutlich herauszuhörende Angst in Norrichs Stimme machte Bigman stutzig. »Halten Sie ihn zurück! Dann kommen Sie mit mir, und keinem wird etwas passieren. Wir gehen zu Lucky. Sollten wir jemand auf dem Korridor begegnen, dann sagen Sie nur Guten Tag, nichts weiter. Ich bleibe immer neben Ihnen, Sie verstehen?«

»Ich kann nicht ohne Mutt weggehen«, sagte Norrich.

»Und ob Sie das können! Es sind nur fünf Schritte über den Korridor. Selbst wenn Sie wirklich blind wären, könnten Sie das schaffen – ein Kerl wie Sie, der 3-D-Puzzles erfindet und was nicht noch alles!«

*

Als die Tür aufging, nahm Lucky das Lesegerät vom Kopf ab und grüßte: »Guten Tag, Norrich. Wo haben Sie denn Mutt gelassen?«

Bevor der andere ein Wort sagen konnte, antwortete Bigman an seiner Stelle. »Mutt haben wir in Norrichs Zimmer gelassen, denn Norrich braucht ihn gar nicht. Stell dir vor, Lucky, Norrich ist ebensowenig blind wie wir beide!«

»Was?«

»Ihr Freund irrt sich, Mr. Starr«, wandte Norrich ein. »Ich möchte damit sagen . . .«

»Ruhe!« fuhr ihm Bigman über den Mund. »Ich rede hier! Und Sie sprechen nur, wenn Sie gefragt werden.«

Lucky faltete die Arme über der Brust. Erlauben Sie, Mr. Norrich, daß ich mir erst anhöre, was Bigman auf dem Herzen hat. Und du, Bigman, könntest den Nadelstrahler wieder einstecken.«

Bigman zog eine Grimasse, gehorchte aber sofort. »Hör mal, Lucky«, begann er, »ich habe diesen Kerl von Anfang an im Verdacht gehabt. Seine 3-D-Puzzles haben mir zu denken gegeben. Er war einfach zu geschickt. Ich fragte mich gleich, ob er nicht ein Spion sein könnte.«

»Jetzt bezichtigen Sie mich schon zum zweitenmal, ein

Spion zu sein«, rief Norrich empört. »Ich lasse mir das nicht länger gefallen!«

Aber Bigman achtete nicht auf Norrichs Protest. »Stell dir vor, Lucky, einen angeblich Blinden als Spion einzusetzen, das ist doch ein schlauer Schachzug! So einer sieht mehr als andere, weil die Leute sich bei ihm nicht vorsehen. Niemand würde Geheimakten vor ihm verbergen. Er könnte direkt auf ein hochwichtiges Dokument starren, und man würde denken: ›Ach, es ist ja nur der arme Norrich, der nichts mehr sehen kann.‹ Oder wahrscheinlich würde man sich überhaupt nichts mehr dabei denken. Beim Sand des Mars, es wäre verteufelt clever eingefädelt!«

Norrichs Erstaunen wuchs von Sekunde zu Sekunde. »Aber ich bin blind. Wenn es um die 3-D-Puzzles und das Schachspielen geht, so habe ich schon erklärt . . .«

»O ja, Sie haben erklärt«, unterbrach ihn Bigman voll Verachtung. »In Erklärungen sind Sie groß. Darauf sind Sie wohl schon jahrelang geeicht. Wie kommt es, daß Sie Licht anhaben, wenn Sie ganz allein in Ihrem Zimmer sitzen? Ja, Lucky, als ich vor einer halben Stunde zu ihm reinkam, war das Licht an. Er hat es nicht etwa meinetwegen angeschaltet. Der Schalter war viel zu weit von seinem Platz entfernt. Warum wohl?«

»Warum nicht?« entgegnete Norrich. »Für mich macht es nichts aus, ob das Licht brennt oder nicht. Deshalb lasse ich es immer an, solange ich auf bin, weil mich häufig jemand besucht, so wie Sie vorhin.«

»All right«, sagte Bigman. »Das beweist, daß er es versteht, sich für alles eine Erklärung auszudenken. Wie er Schach spielt, woran er die Figuren erkennt – alles. Einmal hätte er sich beinahe verraten. Eine Schachfigur war ihm aus der Hand gefallen, und er bückte sich, um sie aufzuheben. Im letzten Moment fiel ihm ein, daß er das nicht tun durfte, und da bat er mich, sie für ihn aufzuheben.«

»Im allgemeinen höre ich, wo ein Gegenstand hinfällt. Aber die Figur rollte noch am Boden rum.«

»Machen Sie ruhig so weiter, immer eine Erklärung nach der anderen!« forderte Bigman ihn höhnisch auf. »Es hilft Ihnen doch nichts. Denn *eine* Sache können Sie nicht wegerklären. Lucky, ich habe ihn getestet. Ich schaltete das Licht aus und leuchtete ihm mit meiner Taschenlampe voll ins Gesicht. Einer, der nicht blind ist, würde die Augen zumachen oder die Hand hochheben oder aufspringen. So wollte ich ihn ertappen. Aber er verriet sich schon vorher. Sowie das Licht ausging, fällt der arme Kerl aus seiner Rolle und fragt mich: ›Warum haben Sie das Licht ausgemacht?‹ . . . Woher konnte er wissen, daß ich das Licht ausgemacht hatte? Lucky, woher konnte er das wissen?«

»Aber . . .«, begann Norrich.

Doch Bigman ließ ihn nicht zu Worte kommen. »Schachfiguren und 3-D-Puzzles lassen sich ertasten. Aber nicht das Licht! Das hat er gesehen.«

»Ich denke, wir geben jetzt Mr. Norrich Gelegenheit, sich dazu zu äußern«, schlug Lucky vor.

»Vielen Dank«, sagte Norrich. »Die Sache ist so. Ich bin völlig blind, Ratsmann, aber Mutt sieht gut. Wenn ich abends das Licht ausschalte, macht das für mich, wie gesagt, keinen Unterschied, wohl aber für Mutt. Für ihn ist es das Signal, sich zum Schlafen hinzulegen, und er geht dann gleich in seine Ecke. Nun hörte ich Bigman auf Zehenspitzen zu der Wand mit dem Lichtschalter schleichen. Er gab sich große Mühe, kein Geräusch zu verursachen. Aber wenn man fünf Jahre blind ist, hört man auch den leisesten Hauch. Dann merkte ich, daß Bigman stehengeblieben war, und einen Augenblick später, daß Mutt in seine Ecke ging. Es gehört nicht viel Intelligenz dazu, um zu folgern, was geschehen war. Bigman am Lichtschalter – Mutt auf dem Weg zu seiner Schlafecke. Demnach mußte mein Gast das Licht ausgeschaltet haben.«

Der Ingenieur wandte sein Gesicht, als warte er auf eine Antwort.

»Ja, das leuchtet mir ein«, sagte Lucky. »Ich denke, wir sollten uns bei Ihnen entschuldigen.«

Bigmans Gnomengesicht verzog sich. »Aber, Lucky . . .«

Lucky schüttelte den Kopf. »Laß nur, Bigman! Man sollte sich nie an eine Theorie klammern, die als falsch entlarvt wurde. Hoffentlich verstehen Sie, Mr. Norrich, daß Bigman nur tat, was er für seine Pflicht hielt.«

»Er hätte mich lieber fragen sollen, bevor er diese Eigenmächtigkeiten beging«, antwortete Norrich kühl. »Ich kann jetzt wohl gehen? Sie haben nichts dagegen?«

»Sie können gehen. Offiziell ersuche ich Sie darum, gegenüber niemand eine Andeutung dieses Vorfalls zu machen. Das ist sehr wichtig.«

»Ich meine allerdings, daß es eine unrechtmäßige Festnahme war«, sagte Norrich. »Aber lassen wir das dahingestellt. Ich werde keinem etwas sagen.« Er ging zur Tür, fand den Öffnungsmechanismus ohne Schwierigkeiten und verließ das Zimmer.

Bigman sprach sofort auf Lucky ein: »Er hat uns reingelegt. Du durftest ihn nicht gehen lassen.«

Lucky stützte das Kinn mit der rechten Hand. Ein nachdenklicher Ausdruck trat in seine ruhigen, braunen Augen. »Nein, Bigman, er ist nicht der Mann, den wir suchen.«

»Aber er muß es sein, Lucky! Auch wenn er wirklich blind sein sollte, so spräche das nur gegen ihn. Bestimmt, Lucky!« Bigman war schon wieder aufs äußerste erregt. Seine kleinen Hände waren zu Fäusten geballt. »Er brachte es fertig, den V-Frosch zu töten, weil er ihn nicht sehen konnte.«

Wieder schüttelte Lucky den Kopf. »Nein, Bigman. Ein V-Frosch beeinflußt auch die Gefühle von Menschen, die ihn nicht sehen können. Es ist ein direkter telepathischer Kontakt. Um diese Tatsache kommen wir nicht herum.« Langsam fuhr er fort: »Es muß ein Roboter gewesen sein – und Norrich ist kein Roboter.«

»Woher weißt du das so ge . . .« Mitten im Wort brach Bigman ab.

»Ich merke, du hast dir die Frage schon selber beantwortet. Wir spürten seine Gefühle bei unserem ersten Besuch, als der V-Frosch dabei war. Norrich besitzt Gefühle. Also ist er kein Roboter. Also ist er auch nicht der Mann, den wir suchen!«

Doch während er noch sprach, breiteten sich die Schatten einer schweren Sorge auf seinen Gesichtszügen aus. Er warf den Buchfilm über fortgeschrittene Robotik heftig auf den Boden. Seine Lektüre schien ihm keinen verwertbaren Hinweis geliefert zu haben.

*

Das erste Agrav-Schiff der Welt sollte auf den Namen *Jupitermond* getauft werden. Es glich keinem der vielen Raumschiffe, die Lucky in seinem Leben gesehen hatte. Es war so groß wie ein Luxusliner. Aber Mannschaft und Passagiere waren im Vorderteil ungewöhnlich eng zusammengepfercht, weil neun Zehntel des Raumschiffs von dem Agrav-Konverter und den hyperatomischen

Kraftfeld-Kondensatoren eingenommen wurden. Aus dem Mittelteil des Rumpfes ragten gekrümmte Tragflächen, die entfernt an Fledermausflügel erinnerten, fünf nach der einen, fünf nach der anderen Seite.

Lucky hatte sich sagen lassen, daß diese Flächen die Kraftlinien des Schwerefelds durchschnitten und dabei die Schwerkraft in hyperatomische Energie umwandelten. So prosaisch sich das anhören mag, so verliehen sie dennoch dem Schiff ein fast unheimliches Aussehen.

Noch ruhte das Schiff in einer riesigen Grube, die man auf Jupiter 9 ausgeschachtet hatte. Man hatte den Deckel aus Stahlbeton zur Seite geschoben. Das Ganze stand unter den normalen Schwerkraftbedingungen von Jupiter 9 und war dem luftleeren Raum auf der Oberfläche des Satelliten ausgesetzt.

Dennoch hatte sich das gesamte Personal des Projekts, fast tausend Mann, in diesem künstlichen Amphitheater versammelt. Noch nie hatte Lucky so viele Männer in Raumanzügen auf einmal gesehen.

Das große Ereignis erzeugte eine erwartungsvolle, erregte Stimmung. Viele wurden von einer nahezu hysterischen Ruhelosigkeit erfaßt, die sie zu mancherlei Schabernack veranlaßte, wie man ihn nur bei so niedrigen Schwerkraftbedingungen treiben konnte.

In Luckys Kopf hielt sich zäh der grimmige Gedanke: Einer dieser Männer in Raumanzügen ist überhaupt kein Mensch!

Aber welcher mochte es sein? Und woran sollte er ihn erkennen?

Commander Donahue hielt vor den Männern eine kurze Festansprache. Schweigend und gegen ihren Willen beeindruckt lauschten sie alle. Indessen betrachtete Lucky einen kleinen Himmelskörper in der Nähe des

Planeten Jupiter. Es war kein Stern, sondern nur ein längliches Lichtpünktchen, ganz leicht gekrümmt wie der Nagel des kleinen Fingers, doch war die Krümmung nur für gute Augen sichtbar. Und hätte Jupiter 9 eine Lufthülle besessen, so hätte sie die feingekrümmte Lichtkurve zu einem formlosen Lichtfleck verzerrt.

Lucky wußte, daß dies Ganymed war, Jupiter 3, der größte Begleiter des Jupiter und ein würdiger Mond für den Riesenplaneten. Ganymed war fast dreimal so groß wie der Erdmond, fast so groß wie der Mars und größer als Merkur. Sobald eine Agrav-Flotte in Dienst gestellt war, würde Ganymed rasch zu einem bedeutenden Stützpunkt im Sonnensystem werden.

Commander Donahue taufte jetzt das Schiff. Seine Stimme klang vor Erregung heiser. Dann begaben sich die Zuhörer in Gruppen von fünf oder sechs Mann durch die verschiedenen Druckschleusen in das luftgefüllte Innere des Satelliten.

Nur die Männer, die die Reise an Bord des *Jupitermond* mitmachen sollten, blieben da. Einer nach dem anderen kletterte die Rampe zur Einstiegsschleuse hoch, allen voran Commander Donahue.

Lucky und Bigman folgten als letzte. Als sie durch die Schleuse kamen, wandte sich Commander Donahue betont unfreundlich ab.

Bigman beugte sich zu Lucky und fragte knapp: »Hast du gesehen, daß Red Summers an Bord ist?«

»Es ist mir nicht entgangen.«

»Das ist der Kerl, der versucht hat, dich umzubringen.«

»Ich weiß, Bigman.«

*

In majestätischer Langsamkeit hob das Raumschiff ab. Die Anziehungskraft von Jupiter 9 betrug nur ein Achtzigstel der auf der Erde. Trotzdem wog das Schiff immer noch mehrere hundert Tonnen. Aber nicht dies war der Grund für die geringe Startgeschwindigkeit.

Selbst im Zustand der Schwerelosigkeit hätte das Schiff seine Massenträgheit behalten. Es wäre genauso schwierig gewesen, diese Masse in Bewegung zu setzen. Dasselbe würde später während des Fluges für eine Richtungsänderung oder einen Stopp gelten.

Zuerst langsam, dann allmählich immer schneller blieb die Grube zurück. Unter ihnen schrumpfte Jupiter 9 zusammen und wurde auf den Bildschirmen als gezackter grauer Felsen sichtbar. Die Sternbilder erschienen am schwarzen Himmel, und Jupiter war eine bunte Murmel.

James Panner trat zu den beiden Freunden und legte ihnen seine Arme auf die Schultern. »Darf ich Sie zum Essen in meine Kabine einladen, Gentlemen? Vorläufig wird es hier im Beobachtungsraum nicht viel zu sehen geben.« Sein breiter Mund zog sich zu einem Grinsen auseinander, das die Sehnen seines dicken Nacken anschwellen ließ, bis es aussah, als säße sein Kopf direkt auf den Schultern.

»Vielen Dank«, sagte Lucky. »Das finde ich sehr nett von Ihnen.«

»Na ja«, sagte Panner, »der Commander lädt Sie bestimmt nicht ein, und die anderen Männer sind auch nicht gut auf Sie zu sprechen. Ich möchte nicht, daß Sie sich ausgeschlossen fühlen. Es wird eine lange Reise werden.«

»Sind *Sie* denn gut auf mich zu sprechen, Dr. Panner?« fragte Lucky trocken.

»Natürlich. Sie haben mich doch schon getestet, und, wie Sie wissen, bestand ich die Prüfung.«

*

Panners Kabine war so klein, daß die drei kaum reinpaßten. Offenbar hatte man die Aufenthaltsräume in diesem ersten Agrav-Schiff so eng wie nur möglich konstruiert. Panner öffnete drei Dosen der Schiffsration, jener konzentrierten Nahrung, die auf allen Raumschiffen mitgeführt wurde.

Lucky und Bigman fühlten sich fast wie zu Hause. Der Geruch der heißgemachten Rationen, das Gefühl der Enge, hinter der man die unendliche Leere des Alls wußte, und das stete vibrierende Summen der hyperatomischen Motoren trugen dazu bei. Diese Motoren wandelten Kraftfeldenergie in Rückstoßkraft um oder versorgten die arbeitenden Geräte des Schiffs mit der nötigen Energie.

Wenn je der Glaube des Altertums an Sphärenmusik buchstäblich wahr wurde, dann in dem Summen der Hyperatommotoren, die die Grundlage des Raumflugs bildeten.

»Wir haben jetzt die Fluchtgeschwindigkeit für Jupiter 9 überschritten«, erläuterte Panner. »Das bedeutet, daß wir ohne Gefahr, wieder zurückzufallen, manövrieren können.«

»Und das bedeutet auch«, fügte Lucky hinzu, »daß wir uns im freien Fall auf den Planeten Jupiter zu bewegen.«

»Ja, ein freier Fall von 24 Millionen Kilometern. Sobald wir die vorgesehene Reisegeschwindigkeit erreicht haben, schalten wir auf Agrav um.«

Dabei zog Panner eine Uhr aus der Tasche. Es war eine

große Scheibe aus glänzendem, glattem Metall. Er drückte auf einen kleinen Knopf. Nun erschienen Leuchtziffern auf der Scheibe. Eine kreisförmige weiße Linie rahmte die Zahlen ein. Aus dem Weiß wurde ein flammendes Rot, das sich zu einem geschwungenen Bogen wand. Das Rot verschwand, und der Bogen wurde weiß.

»Steht die Umschaltung auf Agrav schon so bald auf dem Programm?« fragte Lucky.

»Es dauert nicht mehr lange«, antwortete Panner. Er legte die Uhr auf den Tisch. Schweigend begannen sie zu essen.

Nach einer Weile nahm Panner die Uhr hoch. »Nicht mehr ganz eine Minute. Die Sache geht automatisch vor sich.« Die Stimme des Chefingenieurs war ruhig, aber seine Hand mit der Uhr zitterte ein wenig.

»Jetzt!« sagte Panner. Im selben Augenblick trat Stille ein. Völlige Stille.

Das Summen der Hyperatommotoren hatte aufgehört. Die Energie, die für die Beleuchtung des Schiffs und die Aufrechterhaltung der künstlichen Schwerkraft benötigt wurde, lieferte nun Jupiters Schwerkraftfeld.

»Auf die Sekunde genau!« verkündete Panner. »Perfekt gelungen!« Er steckte die Uhr weg. Auf seinem breiten Gesicht erschien ein zurückhaltendes Lächeln. Man sah ihm seine Erleichterung an. »Jetzt sind wir wirklich in einem Agrav-Raumschiff auf hundertprozentiger Agrav-Fahrt«.

Auch Lucky lächelte. »Meinen Glückwunsch! Ich bin sehr froh, daß ich an Bord bin.«

»Kann ich mir vorstellen. Sie haben sich ja auch mächtig darum bemüht. Armer Donahue!«

»Es tut mir leid, daß ich dem Commander so hart

zusetzen mußte«, sagte Lucky in ernstem Ton, »aber er ließ mir keine Wahl. So oder so, ich mußte die Reise mitmachen.«

Panner hörte den Ernst, mit dem Lucky sprach. Seine Augen verengten sich. »Sie *mußten?«*

»Ja, so ist es! Denn ich bin fast sicher, daß sich in diesem Augenblick an Bord des Schiffes auch der Spion befindet, nach dem wir fahnden.«

X

IN DER FALLE

Panner starrte ihn verständnislos an. »Warum?«

»Die Sirianer wollen mit Sicherheit erfahren, wie das Schiff im Einsatz funktioniert. Bisher hatte ihre Spionage vollen Erfolg. Warum sollten sie sie nicht an Bord des Schiffs fortsetzen?«

»Demnach behaupten Sie, daß einer der 14 Männer an Bord des *Jupitermond* ein Roboter ist?«

»Genau das meine ich.«

»Aber die Männer wurden schon vor langer Zeit für diese Reise ausgewählt.«

»Die Sirianer waren über alles im Bilde. So wie sie jede Einzelheit des Projekts erfuhren, wußten sie auch, wann und nach welchen Kriterien die Auswahl stattfand. Sie haben ihren Androiden so programmiert, daß er auf jeden Fall zu den Ausgewählten gehörte.«

»Sie trauen ihnen ja eine Menge zu!«

»Allerdings«, sagte Lucky. »Aber es gibt noch eine andere Möglichkeit.«

»Welche?«

»Daß der humanoide Roboter sich als blinder Passagier eingeschmuggelt hat.«

»Sehr unwahrscheinlich«, meinte Panner.

»Aber doch möglich! In dem allgemeinen Durcheinander vor der Ansprache des Commanders kann er sich leicht an Bord geschlichen haben. Ich versuchte, das Schiff zu überwachen. Aber es war unmöglich. Da außerdem neun Zehntel des Schiffsraums von den Maschinen eingenommen werden, hat er viel Platz, sich zu verstecken.«

Panner überlegte. »Nicht so viel, wie Sie denken.«

»Jedenfalls müssen wir das Schiff durchsuchen. Sind Sie dazu bereit, Dr. Panner?«

»Ich?«

»Ja, natürlich. Sie als Chefingenieur kennen die Maschinenräume besser als jeder andere. Wir kommen mit Ihnen.«

»Na, hören Sie mal, das wäre vergebliche Liebesmüh.«

»Wenn wir keinen blinden Passagier aufstöbern, sind wir trotzdem einen Schritt weiter, Dr. Panner. Wir können dann unsere Suche auf die Männer konzentrieren, die legal an Bord kamen.«

»Nur wir drei?«

»Wen sollen wir noch zur Hilfe heranziehen, wenn jeder, den wir auffordern, der gesuchte Roboter sein kann?« gab Lucky ruhig zu bedenken. »Ich wünsche darüber keine weitere Diskussion, Dr. Panner. Ich möchte nur wissen, ob Sie uns bei der Durchsuchung des Schiffs helfen wollen. Ich frage Sie in meiner Eigenschaft als Mitglied des Wissenschaftsrates.«

Widerstrebend erhob sich Panner. »Dann muß ich ja wohl.«

*

Mit Hilfe von Handgriffen kletterten sie den engen Schacht zum ersten Maschinendeck hinunter. Unten herrschte gedämpftes, indirektes Licht, sodaß die gewaltigen Motoren keinen Schatten warfen.

Kein Geräusch, nicht einmal das leiseste Summen verriet, daß hier gewaltige Energien und Naturkräfte eingefangen, umgewandelt und gespeichert wurden. Bigman war entsetzt, daß ihm nichts bekannt vorkam. Die normalen Geräte in einem Raumschiff etwa von der Klasse ihrer *Lucky Starr* waren hier nicht zu finden.

»Alles ist völlig verkleidet«, stellte er resigniert fest.

Panner nickte und sagte leise: »Wir haben größtmöglicher Automation den Vorzug gegeben. Bedienung durch den Menschen ist so gut wie überflüssig.«

»Und bei Reparaturen?«

»Es dürfte keine geben«, sagte der Chefingenieur. »Jeder Stromkreis, jedes Gerät, jeder Motor ist doppelt vorhanden. Fällt irgendein Teil aus, dann schaltet sich selbständig das entsprechende Ersatzaggregat ein.«

Panner ging voraus. Er führte sie durch die engen Gänge. Er bewegte sich langsam und vorsichtig, als erwarte er, daß sich jeden Augenblick irgend jemand auf ihn stürze.

Sie durchsuchten Deck für Deck. Methodisch stiegen sie durch den senkrechten Schacht von Stockwerk zu Stockwerk, zwängten sich in die Seitengänge, und Panner ließ mit der Übersicht des Experten keinen Winkel undurchsucht.

Endlich erreichten sie das letzte Deck und blieben vor den riesigen Schwanzdüsen stehen, durch die beim normalen Flug die Hyperatommotoren mittels Rückstoß das Schiff vorantrieben.

Bigman hatte eine Idee. »He, Leute, im Innern der Düsen!«

»Nein«, sagte Panner.

»Warum nicht? Ein Roboter könnte sich gut drin verstecken.«

»Bis vor einer Stunde«, erklärte ihm Lucky, »haben die Hyperatommotoren noch gearbeitet. Nein, die Düsen kommen nicht in Frage.«

»Also«, sagte Panner, »im Maschinenraum hält sich niemand und nichts verborgen.«

»Sie sind ganz sicher?«

»Ja. Wir haben jeden Fleck durchsucht. Und so wie ich vorging, konnte uns keiner entgehen und sich etwa hintenrum wegschleichen. Wir hätten ihn entdeckt.«

Ihre Stimmen riefen ein leises Echo in den Schächten hervor.

»Beim großen Mars«, rief Bigman, »nun haben wir es tatsächlich mit den 14 Männern der regulären Besatzung zu tun.«

»Einige können wir schon abhaken«, wandte Lucky ein. »Drei der Männer verrieten Gefühle: Commander Donahue, Harry Norrich und Red Summers. Bleiben also elf.«

»Sie vergessen mich«, sagte Panner. »Ich habe einen Befehl nicht ausgeführt. Also nur noch zehn.«

»Damit kommen wir auf einen interessanten Punkt«, sagte Lucky. »Verstehen Sie etwas von Robotik?«

»Ich?« sagte Panner. »Hatte nie im Leben mit einem Roboter etwas zu schaffen.«

»Da haben wir's«, sagte Lucky. »Auf der Erde wurde der Positronenroboter erfunden. Menschen der Erde waren es, die die meisten Verbesserungen des Modells austüftelten. Aber abgesehen von wenigen Spezialisten weiß der Techniker der Erde nicht über Robotik Bescheid. Einfach deshalb, weil wir kaum Roboter zum Dienst heranziehen. In der Schule wird Robotik nicht gelehrt, und in der Praxis wird sie nicht gebraucht. Ich kenne gerade die drei Gesetze, und damit hat sich's. Commander Donahue konnte nicht einmal die drei Gesetze zitieren. Die Sirianer dagegen sind dank ihrer roboter-orientierten Wirtschaft wahrscheinlich Meister der ausgefeiltesten Robotiktechnik. Nun, ich habe mich gestern und heute eingehend mit einem Buchfilm über fortgeschrittene Robotik beschäftigt, den ich in der Bücherei fand. Es war, nebenbei bemerkt, das einzige vorhandene Buch über diesen Gegenstand.«

»So?« machte Panner.

»Mir wurde klar, daß die drei Gesetze nicht so einfach sind, wie wir annehmen . . . Aber wir wollen jetzt zurückgehen. Dabei können wir die einzelnen Maschinendecks zur Sicherheit nochmals überprüfen.« Und schon schritt er durch das unterste Deck und musterte mit scharfen Blicken alle Einrichtungen.

Dabei dozierte Lucky weiter. »Zum Beispiel könnte jemand auf den Gedanken kommen, es genüge, jedem an Bord einen albernen Befehl zu erteilen und zu sehen, ob er ihn ausführt oder nicht. Tatsächlich war ich bis gestern dieser Meinung. Aber sie trifft nicht unbedingt zu. Es ist theoretisch möglich, das Positronengehirn eines Roboters so zu programmieren, daß er nur solche Befehle ausführt, die zu seinem üblichen Arbeitsbereich gehören. Alle anderen Befehle, die außerhalb dieses Bereichs liegen, würde er nur dann ausführen, wenn ihnen ein bestimmtes Codewort vorangeht, oder die Person, die den Befehl erteilt, sich in einer festgelegten Art ausweist. Das bedeutet, daß ein Roboter seinen echten Herren uneingeschränkt gehorcht, sich Fremden gegenüber aber durchaus bockig verhalten kann.«

Panner hatte schon die Leitersprossen erfaßt, um zum nächsten Deck hochzusteigen. Jetzt ließ er sie los und wandte sich zu Lucky um.

»Sie wollen damit sagen, meine Weigerung, auf Ihren Befehl das Hemd auszuziehen, habe nichts zu bedeuten?«

»Ich sagte, so kann es sein, Dr. Panner. Denn in jenem Augenblick das Hemd auszuziehen, gehörte nicht zu Ihren üblichen Arbeitspflichten, und mein Befehl wurde vielleicht nicht in der vorgeschriebenen Form ausgesprochen.«

»Dann behaupten Sie also, ich sei ein Roboter?«

»Nein. Ich halte das sogar für unwahrscheinlich. Die Sirianer werden sich kaum den Chefingenieur ausgesucht haben, als sie einem Mann des Projektbaus durch einen Roboter ersetzten. Ein Roboter, der diese Position erfolgreich ausfüllen wollte, müßte mehr über Antigrav wissen, als auf dem Sirius bekannt war. Andernfalls wäre es für die Sirianer überhaupt nicht notwendig gewesen, einen Spion einzusetzen.«

»Danke«, sagte Panner mit säuerlicher Miene und wandte sich wieder dem Aufstiegsschacht zu. Da ließ ihn Bigmans Stimme neuerlich herumfahren.

»Halt? Panner!« Der kleine Marsianer hielt den Nadelstrahler schußbereit in der Hand. »Einen Moment mal, Lucky«, fuhr er fort. »Woher weißt du eigentlich, daß er ein Antigrav-Experte ist? Wir nehmen es doch nur an. Bewiesen hat er es uns bisher nicht. Als der *Jupitermond* auf Antigrav umschaltete, wo war er denn da? Saß auf seinem dicken Hintern mit uns in seiner Kabine – oder stimmt das vielleicht nicht?«

»Mir ist dieser Gedanke auch gekommen, Bigman«, antwortete Lucky. »Und das war ein Grund, warum ich Panner mit hier nach unten brachte. Er kennt sich offensichtlich mit den Maschinen aus. Ich habe ihn bei der Durchsuchung beobachtet. Sein Vorgehen hat mich davon überzeugt, daß er ein hochqualifizierter Fachmann ist.«

»Genügt Ihnen das, Marsianer?« fragte Panner mit kaum unterdrücktem Ärger.

Bigman steckte den Nadelstrahler ein, und wortlos begann Panner den Aufstieg.

Im nächsthöheren Deck wiederholten sie die Durchsuchung.

Panner nahm das Gespräch wieder auf. »Es bleiben also zehn Verdächtige übrig: zwei Armeeoffiziere, fünf Ingenieure und vier Facharbeiter. Wie wollen Sie weiter vorgehen? Jeden einzeln röntgen? Oder was sonst?«

Lucky schüttelte den Kopf. »Das wäre zu gefährlich. Es ist bekannt, daß sich die Sirianer gegen solche Untersuchungen durch einen cleveren Trick absichern. Sie benutzen Roboter manchmal als Geheimkuriere oder zur Ausführung von Arbeiten, die unbedingt geheim bleiben müssen. Nun kann natürlich ein Roboter ein Geheimnis nicht für sich behalten, wenn ein Mensch ihn in der richtigen Art danach fragt. Um dagegen gewappnet zu sein, installieren die Sirianer in dem Roboter eine Sprengladung, die in dem Augenblick zündet, wo jemand versucht, dem Roboter das Geheimnis zu entlocken.«

»Das heißt, der Roboter würde explodieren, wenn Sie ihn röntgen ließen.«

»Die Wahrscheinlichkeit ist ziemlich groß. Seine Identität ist sein größtes Geheimnis. Und die Sprengladung könnte bei jedem Versuch, diese Identität zu enthüllen, in die Luft gehen – bei jedem Versuch, den die Sirianer sich vorstellen konnten. Mit dem V-Frosch hatten sie nicht gerechnet. Seine Gegenwart hätte also keine Zündung ausgelöst. Deshalb mußten sie ihrem Roboter sofort den Auftrag zur Tötung des V-Froschs erteilen. Es war für sie auf jeden Fall die beste Art, den Roboter vor Entdeckung und Zerstörung zu schützen.«

Mit einem Hauch von Spott fragte Panner: »Wenn der explodierende Roboter nun in der Nähe befindliche Menschen verletzt, verstößt er dann nicht gegen das erste Gesetz?«

»Nein. Denn er löst ja die Explosion nicht selber aus. Der Sprengsatz wird durch den Ton einer bestimmten Frage oder den Anblick einer bestimmten Tätigkeit gezündet und nicht durch irgendeine Handlung des Roboters.«

Sie kletterten zum nächsten Deck empor.

»Ja, was wollen Sie denn nun unternehmen, Ratsmann?« fragte Panner.

»Ich weiß es nicht«, gestand Lucky frei heraus. »Ich muß den Roboter irgendwie dazu bringen, sich selber zu verraten. Die drei Gesetze, so sehr sie auch modifiziert und verfälscht sein mögen, behalten ihre Gültigkeit. Man muß nur tief genug in die Wissenschaft der Robotik eingedrungen sein, um zu wissen, wie man sich der drei Gesetze zu seinem Vorteil bedient. Wenn ich den Roboter zu einer Handlung verleiten könnte, die beweist, daß er kein menschliches Wesen ist, ohne dadurch einen eventuell angebrachten Sprengsatz auszulösen; wenn ich die drei Gesetze so geschickt handhaben könnte, daß sie miteinander in einen unlösbaren Konflikt geraten, so daß der Roboter völlig gelähmt ist; wenn ich . . .«

»Von mir können Sie in dieser Richtung keine Hilfe

erwarten, Ratsmann«, unterbrach ihn Panner ungeduldig. »Wie ich Ihnen schon sagte, verstehe ich nichts von Robotik.« Plötzlich wirbelte er herum. »Was ist das?«

Bigman folgte seinen Blicken. »Ich habe nichts gehört.«

Wortlos zwängte sich Panner an ihnen vorbei. Zwischen den gewaltigen Metallröhren auf beiden Seiten sah er fast zwergenhaft aus.

Dicht gefolgt von den beiden anderen, drang er so weit vor, wie es ging. Dann murmelte er: »Zwischen den Feldgleichrichtern könnte sich jemand versteckt halten. Lassen Sie mich noch mal vorbei!«

Lucky blickte unter gerunzelter Stirn in einen Wald von miteinander verschlungenen Kabeln, die sie von allen Seiten einschlossen.

»Hier ist niemand«, sagte er.

»Ich möchte mich vergewissern«, sagte Panner mit gespannter Stimme. Er öffnete eine Klappe in der Wand, die ihm am nächsten war, und griff vorsichtig hinein, wobei er mißtrauisch über die Schulter blickte.

»Keine Bewegung!« rief er.

»Hier ist nichts!« sagte Bigman gereizt.

Panner entspannte sich. »Ich weiß. Ich wollte, daß Sie sich nicht bewegen. Sonst hätte ich Ihnen womöglich einen Arm abgeschnitten, als ich das Kraftfeld einschaltete.«

»Welches Kraftfeld?«

»Ich habe ein Kraftfeld quer über den Gang kurzgeschlossen. Sie können hier nicht mehr heraus. Sie sind genauso eingeschlossen, als säßen Sie hinter einer meterdicken Stahlwand.«

»Bei den Sandstürmen des Mars, Lucky«, brüllte Bigman, »er ist der Roboter!« Seine Hand zuckte an seinen Gürtel.

Panner rief sofort: »Lassen Sie die Hände von Ihrem Nadelstrahler! Wie wollen Sie je herauskommen, wenn Sie mich umbringen?« Er blickte sie starr an. Seine Augen funkelten. Die breiten Schultern waren hochgezogen. »Vergessen Sie nicht: Energie kann ein Kraftfeld zwar durchbrechen, aber Materie kommt nicht durch, nicht einmal Luftmoleküle. Sie sitzen da drin luftdicht. Wenn Sie mich töten, sind Sie lange erstickt, ehe mal jemand durch Zufall sich hierher verirrt.«

»Ich hab's doch gesagt, daß er der Roboter ist«, tobte Bigman in schierer Verzweiflung.

Panner lachte auf. »Falsch! Ich bin kein Roboter. Aber wenn es einen gibt, dann weiß ich, wer es ist.«

XI

LANDUNG AUF IO

»Wer denn?« fragte Bigman.

Aber es war Lucky, der die Antwort gab. »Offenbar glaubt er, es sei einer von uns beiden.«

»Besten Dank«, sagte Panner. »Haben Sie vielleicht eine andere Erklärung? Sie sprachen von einem blinden Passagier. Sie behaupteten, jemand habe sich heimlich an Bord von *Jupitermond* geschlichen. Sie haben wirklich Nerven! Es gibt allerdings zwei Männer, die sich gewaltsam Zutritt zum Schiff verschafft haben. Ich war Zeuge! Sie beide meine ich!«

»Da haben Sie recht«, meinte Lucky ruhig.

»Und Sie haben mich hier runtergelockt, damit sie sich jede Einzelheit des Maschinenraums ansehen konnten. Dabei versuchten Sie, mich mit Ihrem Gerede über Roboter abzulenken. Ich sollte nicht merken, wie Sie sozusagen mit der Lupe das ganze Schiff erforschten.«

»Dazu haben wir das Recht«, sagte Bigman. »Dieser Mann ist Lucky Starr!«

»Er behauptet, Lucky Starr zu sein. Wenn er wirklich ein Mitglied des Wissenschaftsrats ist, dann kann er es beweisen. Und er weiß auch, auf welche Weise. Wenn ich nur einen Funken Verstand gehabt hätte, dann hätte ich vorher darauf bestanden.«

»Dafür ist es noch nicht zu spät«, sagte Lucky gelassen. »Können Sie es von dort aus erkennen?« Er hob einen Arm, öffnete die Hand und krempelte den Ärmel auf.

»Ich komme nicht näher heran«, sagte Panner mißtrauisch.

Lucky gab keine Antwort. Er ließ die Tatsachen sprechen. Die Haut an der Innenseite des Handgelenks unterschied sich scheinbar in nichts von der Haut seines übrigen Körpers. Aber vor Jahren hatte sie eine äußerst komplizierte Hormonbehandlung erfahren. Durch eine konzentrierte Willensanstrengung Luckys färbte sich jetzt allmählich eine ovale Stelle am Gelenk dunkel und wurde schließlich schwarz. Mitten drin blitzten kleine gelbe Punkte auf und formten sich zu den bekannten Sternbildern des Großen Bären und des Orion.

Panner schnappte nach Luft, als sei er am Ersticken. Nur wenige Menschen erhielten die Gelegenheit, dieses Zeichen des Rats mit eigenen Augen zu sehen, aber jeder kannte es seit Kindesbeinen – das untrügliche Kennzeichen eines Mitglieds vom Wissenschaftsrat, das niemand fälschen oder nachahmen konnte.

Da blieb Panner keine Wahl. Schweigend und beschämt schaltete er das Kraftfeld ab und trat zurück.

Wütend kam Bigman heraus. »Ich sollte Ihnen den Schädel einschlagen, Sie linker Hu . . .«

Lucky hielt ihn zurück. »Ruhe, Bigman! Der Mann hatte das gleiche Recht, uns zu verdächtigen, wie wir, als wir ihn im Verdacht hatten. Reg dich ab!«

Panner zuckte die Achseln. »Es schien ganz logisch.«

»Das gebe ich zu. Und nun denke ich, daß wir einander endlich volles Vertrauen schenken dürfen.«

»Ja, vielleicht«, sagte der Chefingenieur spitz. »Sie haben sich ausgewiesen. Aber was ist mit diesem kleinen Lautsprecher, den Sie bei sich haben? Wer identifiziert ihn?«

Bigman kreischte empört auf. Lucky trat sofort dazwischen. »Ich!« rief er. »Und ich bürge für ihn . . . So, und jetzt schlage ich vor, daß wir uns ins Passagierdeck zurückbegeben, ehe man uns vermißt und einen Suchtrupp ausschickt. Alle Vorgänge im Maschinenraum bleiben natürlich streng unter uns!«

Als wäre nichts geschehen, setzten sie ihren Aufstieg fort.

*

Die Kabine, die man ihnen zugewiesen hatte, bestand aus einem doppelstöckigen Bett und einem Waschbekken, dessen Hahn kaum mehr als ein paar spärliche Wassertropfen hergab.

Bigman saß mit untergeschlagenen Beinen auf dem oberen Bett, während sich Lucky mit einem feuchten Schwamm Hals und Schultern abrieb. Aus Vorsicht vor etwaigen Lauschern hinter den Wänden unterhielten sie sich nur im Flüsterton.

»Hör mal, Lucky, was hältst du von dieser Idee? Ich mache mich an jeden Mann an Bord heran . . . es sind zehn, bei denen wir noch im Zweifel sind, nicht wahr? Also, ich denke mir, ich provoziere einen nach dem anderen zu einer Schlägerei, indem ich ihnen ein paar Schimpfworte an den Kopf werfe oder so was. Dann würde doch der Kerl, der nicht die Fäuste ballt und zuschlägt, der Roboter sein, oder nicht?«

»Durchaus nicht. Es kann ja sein, daß er Disziplin im Leibe hat und sich lieber zurückhält. Oder ihm fällt ein, wie gut du mit dem Nadelstrahler umzugehen weißt. Oder er will einen Konflikt mit dem Wissenschaftsrat vermeiden. Oder es widerstrebt ihm, einen Mann zu schlagen, der kleiner ist als er.«

»Ach, komm, Lucky.« Bigman schwieg eine Zeitlang, dann sagte er nachdenklich: »Ich überlege mir gerade: wieso bist du dir so sicher, daß der Roboter an Bord ist? Meiner Ansicht nach kann er auch auf Jupiter 9 geblieben sein. Es wäre doch möglich!«

»Das weiß ich auch. Trotzdem habe ich das bestimmte Gefühl, daß der Roboter hier im Schiff ist. Ja, so ist es. Nur ein bestimmtes Gefühl, und ich habe keine Ahnung, woher es kommt.« Luckys Augen verdunkelten sich, während er angestrengt nachdachte. Gegen das Bett gelehnt, fuhr er sich mit den Fingerknöcheln über die Zähne. »Am Tag unserer Landung auf Jupiter 9, da geschah es.«

»Was geschah da?«

»Wenn ich es nur wüßte! Einmal stand es schon klar vor meinen Augen. Oder jedenfalls bildete ich es mir ein. Das war vor dem Einschlafen in jener ersten Nacht. Aber dann entwischte es mir wieder. Und ich kann mich nicht mehr daran erinnern! Wäre ich auf der Erde, würde ich mich einer Psychoanalyse unterwerfen. Große Milchstraße, das wäre der beste Weg!«

Er trommelte mit den Fingerspitzen auf das Bettgestänge. »Ich habe alles mögliche versucht. Ganz konzentriert daran gedacht. Dann wieder völlig abgeschaltet. Im Maschinenraum mit Panner habe ich drauflos geschwatzt. Ich dachte, wenn man jeden Aspekt dieser Angelegenheit ausdiskutiert, müßte es mir wieder einfallen. Pustekuchen!«

Er reckte sich. »Aber das Gefühl bleibt. Deshalb bin ich so völlig sicher, daß sich der Roboter unter den Männern an Bord befindet. Mein Unterbewußtsein sagt es mir. Wenn ich nur einen Anhaltspunkt hätte! Dann würde alles klar. Nur der kleinste Anhaltspunkt!«

Es klang nach Verzweiflung.

Bigman hatte Lucky noch nie so niedergeschlagen gesehen. Bekümmert sagte er: »Wir gehen wohl am besten schlafen.«

»Du hast recht.«

Minuten später flüsterte Bigman in der Dunkelheit: »He, Lucky, woher weißt du so genau, daß ich nicht der Roboter bin?«

Lucky flüsterte zurück: »Weil die Sirianer niemals einen Roboter mit einem so häßlichen Gesicht bauen würden.« Dann hob er den Arm, um das heranfliegende Kopfkissen abzuwehren.

*

Die Tage vergingen. Auf halbem Wege zum Jupiter kamen sie durch den inneren Gürtel kleiner Monde, von denen nur Jupiter 6, 7 und 10 numeriert waren. Jupiter 7 war als heller Stern sichtbar, während die anderen so weit entfernt blieben, daß sie unter den vielen bekannten Sternbildern nicht hervortraten.

Jupiter selbst erschien jetzt so groß wie der Mond, wie man ihn von der Erde aus sieht. Und weil das Schiff die Sonne fast genau im Rücken hatte, blieb Jupiter die ganze Zeit in der »Voll«-Phase. Seine gesamte sichtbare Oberfläche lag im Sonnenlicht. Nicht der kleinste Schatten trübte das Bild.

Wenn er jetzt auch so groß wie der Mond erschien, war er doch keineswegs so hell. Seine von dichter Atmosphäre eingehüllte Oberfläche reflektierte zwar achtmal so viel Licht wie die luftleere Felsen- und Staub-Oberfläche des Mondes. Doch erhielt Jupiter pro Quadratkilometer nur ein Siebenundzwanzigstel des Lichts, das der Mond erhielt. Das alles trug dazu bei, daß er den Männern an Bord des Agrav-Schiffes nur ein Drittel so hell erschien wie der Mond einem Erdbewohner.

Doch sein Anblick war bedeutend aufregender. Die Klimazonen waren jetzt deutlich zu erkennen. Bräunliche Streifen mit weichen, ausgefransten Rändern vor einem sahnig-weißen Untergrund. Auch das strohfarbene Oval, das man den Großen Roten Fleck nennt, war leicht auszumachen. Es erschien an einem Rand, wanderte über das Gesicht des Planeten und verschwand wieder am anderen Rand.

»He, Lucky«, fragte Bigman, »Jupiter sieht aus, als sei er nicht ganz rund. Ist das eine optische Täuschung?«

»Keineswegs«, sagte Lucky. »Jupiter ist wirklich nicht ganz rund, sondern an den Polen etwas abgeplattet. Genauso wie die Erde. Davon hast du doch gehört, nicht wahr?«

»Sicher. Aber festgestellt habe ich es noch nie.«

»Natürlich nicht. Bedenke mal! Der Erdumfang mißt am Äquator 40 000 Kilometer. Da sich die Erde in 24 Stunden einmal um ihre Achse dreht, rotiert jeder Punkt am Äquator mit fast 1700 Stundenkilometern Geschwindigkeit. Als Folge der Zentrifugalkraft beträgt der Erddurchmesser am Äquator 43 Kilometer mehr als der Durchmesser von Pol zu Pol. Der Unterschied ist sehr gering, ungefähr ein Drittel Prozent. So kommt es, daß die Erde vom Weltraum aus wie eine vollkommene Kugel wirkt.«

»Ach so!«

»Nun zum Jupiter! Sein Äquatorumfang beträgt 440 000 Kilometer, elfmal so viel wie der Erdumfang. Aber er dreht sich in nur zehn Stunden um seine Achse – genau genommen, sind es noch fünf Minuten weniger. Jeder Punkt am Äquator rotiert also mit 448 000 Stundenkilometern Geschwindigkeit. Das ist 28mal so schnell wie auf der Erde! Die Zentrifugalkraft ist dementsprechend viel stärker, besonders weil die äußeren Schichten des Jupiters aus viel leichterer Materie bestehen als die der Erde. Daher beträgt der Durchmesser des Jupiter am Äquator rund 9500 Kilometer mehr als der Durchmesser von Pol zu Pol. Das ist ein Unterschied von glatt 15 Prozent – was natürlich deutlich zu erkennen ist.«

Bigman starrte in die abgeplattete, schimmernde Kugel, die Jupiter hieß, und murmelte ergriffen: »O, beim Mars!«

*

Die Sonne blieb weiterhin in ihrem Rücken, sodaß man sie während ihres Flugs zum Jupiter nie zu sehen bekam. Sie kreuzten die Umlaufbahn von Callisto oder Jupiter 4, dem äußeren der großen Jupitermonde. Callisto umkreiste Jupiter in einer Entfernung von 2,4 Millionen Kilometern und war so groß wie Merkur, aber da er sich fast an der entgegengesetzten Seite seiner Umlaufbahn befand, erschien er nicht größer als eine Erbse neben dem Planeten und tauchte gerade in seinen Schatten ein.

Dafür stand Ganymed – oder Jupiter 3 – näher. Seine Scheibe war ein Drittel so groß wie der Mond von der Erde aus. Er war gerade dreiviertel voll, zeigte ein blasses Weiß und keinerlei Oberflächenkonturen.

Lucky und Bigman wurden von den übrigen Besatzungsmitgliedern kaum beachtet. Nicht ein einziges Mal richtete der Commander das Wort an sie. Ja, er blickte sie nicht mal an, sondern schaute, wenn er ihnen begegnete, glatt an ihnen vorbei. Wenn Norrich, durch die Leine mit dem Schäferhund Mutt verbunden, an ihnen vorbeikam, nickte er freundlich, wie stets, wenn er fühlte, daß jemand in der Nähe war. Doch sobald Bigman den Gruß erwiderte, verschwand der freundliche Ausdruck von Norrichs Zügen. Mit einem Ruck an der Leine trieb er Mutt zur Eile und machte, daß er wegkam.

Deshalb aßen die beiden auch immer allein in ihrer Kabine.

»Was bilden die sich eigentlich alle ein?« murrte Bigman bei einer Gelegenheit. »Sogar dieser Kerl Panner macht sich immer an etwas zu schaffen, wenn wir in der Nähe sind, und tut, als sähe er uns nicht.«

»Ja, Bigman, das hat zwei Gründe. Erstens: wenn der Commander offen zu erkennen gibt, daß wir bei ihm in Ungnade gefallen sind, wird sich keiner seiner Untergebenen unseretwegen in die Nesseln setzen wollen. Zweitens sind unsere Begegnungen mit einigen Männern ja nicht gerade harmonisch verlaufen.«

»Stell dir vor, Lucky, heute traf ich Red Summers, den Dreckskerl! Stand direkt vor ihm, als er gerade aus dem Maschinenraum kam.«

»Und was geschah? Du hast doch nicht etwa . . .«

»Nichts. Ich stand da und wartete ab, ob er sich an mir vergreifen würde. Ich hoffte es stark. Aber er lächelte nur und ging im Bogen um mich herum.«

*

Alle waren auf Beobachtungsstation an dem Tag der Jupiterfinsternis. Es war keine echte Finsternis, denn der Schatten Ganymeds fiel nur auf einen kleinen Teil der Jupiter-Oberfläche. Ganymed stand knapp eine Million Kilometer entfernt und wirkte halb so groß wie der Erdmond. Jupiters Entfernung betrug etwa das Doppelte. Aber er war jetzt zu einer riesigen Kugel angeschwollen. Drohend und einschüchternd schwamm er hinter Ganymed, 14mal so groß wie sein Mond.

Ganymed begann seinen Durchgang vor Jupiter etwas unter dessen Äquator. Langsam schienen die beiden Himmelskörper miteinander zu verschmelzen. Als Ganymed einen kleinen Teil der Jupiter-Oberfläche bedeckte, wurde es dort dunkler. Denn der Satellit besaß bedeutend weniger Atmosphäre als der Planet und reflektierte deshalb weniger Licht. Aber auch so wäre sein Durchgang zum Ereignis geworden.

Die meisten Blicke zog der schwarze Halbkreis auf sich, den Ganymed hinter sich herzog. Wie sich die Männer atemlos vor Aufregung zuflüsterten, war es der Schatten, den Ganymed auf den Planeten warf.

Der Schatten bewegte sich mit Ganymed weiter, holte aber allmählich auf. Der schwarze Halbkreis wurde zur Sichel. Die Sichel wurde schmaler und schmaler. Als dann Jupiter, Ganymed und *Jupitermond* in einer geraden Linie vor der Sonne standen, verschwand der Schatten völlig. Ganymed, der ihn auf Jupiter warf, verbarg ihn auch gleichzeitig.

Kurz danach, als Ganymed weiterwanderte, erschien der Schatten wieder als schmale Sichel, aber diesmal vor dem Satelliten. Die schmale Sichel wuchs ständig und war wieder ein Halbkreis geworden, als sie mit Ganymed zusammen den Rand des Jupiter erreichte.

Der ganze Satellitendurchgang hatte drei Stunden gedauert.

*

Jupitermond erreichte die Umlaufbahn von Ganymed, als der Satellit sich auf der anderen Seite seiner sieben Tage-Rotation um Jupiter befand.

Der große Augenblick wurde an Bord gebührend gefeiert. Gewöhnliche bemannte Raumschiffe hatten schon früher Ganymed erreicht und waren auf ihm gelandet – nur wenige allerdings. Doch noch niemand war von dort aus näher an Jupiter herangekommen. Und nun wagte es *Jupitermond.*

An Europa – oder Jupiter 2 – flog das Schiff im Abstand von etwa 150 000 Kilometern vorbei. Es war der kleinste von Jupiters großen Monden. Sein Durchmesser betrug nur 3150 Kilometer. Damit war er etwas kleiner als der Erdmond, aber wegen der geringen Entfernung wirkte er doppelt so groß. Auf seiner Oberfläche hoben sich dunkle Streifen ab, die an Gebirgszüge erinnerten. Und es waren auch wirklich welche. Das bewies ein Blick durch ein Fernrohr des Raumschiffs.

Die Berge waren denen auf Merkur ähnlich. Dagegen entdeckte man nirgends Krater wie auf dem Erdmond. Die hellglänzenden Flecke konnten Eisflächen sein.

Und weiter stürzten sie Jupiter entgegen. Die Umlaufbahn von Europa lag nun schon hinter ihnen.

Io war der innerste von Jupiters großen Monden, an Größe ziemlich genau dem Erdmond gleich. Überdies war er nur 477 000 Kilometer vom Jupiter entfernt. Das war nicht viel mehr als die Entfernung von der Erde zum Mond.

Aber damit endeten auch die Ähnlichkeiten. Während die verhältnismäßig geringe Schwerkraft der Erde dem Mond einen gemächlichen Umlauf von vier Wochen Dauer gestattete, flog Io trotz einer etwas längeren Umlaufbahn, von Jupiters gewaltiger Schwerkraft angetrieben, in nur 42 Stunden einmal um den Riesenplaneten. Während der Mond mit etwas mehr als 1600 Stundenkilometern um die Erde kreiste, sauste Io mit fast 39 000 Stundenkilometern um Jupiter. Entsprechend schwieriger war die Landung.

Doch die Manöver des Agrav-Schiffs gelangen perfekt. Es setzte sich vor Io und schaltete im genau richtigen Augenblick Agrav ab.

Schlagartig setzte wieder das Dröhnen der Hyperatommotoren ein und erfüllte das Schiff nach den langen Wochen völliger Stille mit einer Lärmorgie.

Jupitermond wurde durch die beschleunigende Wirkung des Io-Schwerfelds noch einmal aus der Richtung geschleudert und lenkte dann in eine Umlaufbahn im Abstand von knapp 16 000 Kilometer von Io ein. Die Kugel des Satelliten erfüllte nun den gesamten Himmel.

Sie kreisten von Ios Tag- zu seiner Nachtseite und sanken tiefer und tiefer. Dann wurden die fledermäuseähnlichen Agravflügel eingezogen, damit sie in der wenn auch dünnen Atmosphäre des Io nicht abgerissen würden.

Endlich hörten sie das schrille Pfeifen, das die erste

Berührung des Schiffs mit dem äußersten Bereich der Io-Atmosphäre ankündigte.

Geschwindigkeit und Höhe nahmen immer mehr ab. Ein Schub aus den Seitendüsen wendete das Heck des Schiffs dem Satelliten zu. Dann traten die hyperatomgetriebenen Bremsdüsen in Tätigkeit und verlangsamten weiterhin den Abstieg. Endlich hörte das Fallen auf. Mit einem kaum spürbaren Ruck setzte *Jupitermond* weich auf der Oberfläche des Io auf.

An Bord brach ein wilder Freudentaumel aus. Dieselben Männer, die Lucky und Bigman während der gesamten Reise geflissentlich aus dem Wege gegangen waren, klopften ihnen jetzt in überströmendem Jubel auf die Schultern.

Eine Stunde später kletterten die Männer des *Jupitermond,* alle in Raumanzügen, einer nach dem anderen auf die nachtdunkle Oberfläche von Io hinaus. Als erster betrat Commander Donahue den Boden des Satelliten.

16 Männer – die ersten Menschen, die auf Io gelandet waren.

Berichtigung, dachte Lucky. Nur 15 Männer.

Und ein Roboter!

XII

VERLOREN IM IO-SCHNEE

Sie waren kaum auf festem Boden, als sie wie angewurzelt stehenblieben. Der Anblick Jupiters hatte sie in Bann geschlagen. Niemand sprach ein Wort. Die Kopfhörer in den Helmen blieben still. Dies überstieg alle Worte.

Jupiter war eine Riesenkugel, die ein Achtel des Himmels einnahm. Ein Drittel davon lag, wie abgeschnitten, in der Schwärze der Nacht. Wäre er voll gewesen, so hätte er 2000mal so viel Licht zurückgestrahlt wie der Erdmond.

Die hellen Zonen und die dunklen Gürtel waren jetzt nicht mehr einfach bräunlich. Aus der Nähe entfalteten sie ihren ganzen Farbenreichtum: rosa, grün, blau und purpurrot, alles unvorstellbar hell. Die Ränder der einzelnen Zonen waren gezackt und veränderten ihre Form ständig, als tobten auf der Jupiter-Oberfläche gigantische Stürme, wie es ja auch höchstwahrscheinlich der Fall war. Ios klare, dünne Atmosphäre trug ein übriges dazu bei, auch die kleinste Einzelheit jener sich unentwegt ändernden farbigen Planeten-Oberfläche klar hervortreten zu lassen.

Besonders nachhaltig drängte sich der Große Rote Fleck ins Blickfeld. Er erweckte den Eindruck eines gashaltigen Trichters, der sich langsam im Kreise drehte.

So standen sie und starrten lange Zeit auf Jupiter, der immer am gleichen Platze blieb. Die Sterne wanderten, aber Jupiter blieb an seiner Stelle, dort tief am westlichen Himmel. Das kam, weil Io während seines Umlaufs dem Jupiter stets dieselbe Seite zuwandte. Auf fast der halben Oberfläche von Io ging der Jupiter nie auf, und auf fast der anderen Hälfte ging er nie unter. In den Zwischenregionen, die etwa ein Fünftel der Io-Oberfläche ausmachten, blieb Jupiter für immer am Horizont, halb sichtbar, halb verborgen.

»Hier müßte eine Sternwarte her«, flüsterte Bigman auf der Wellenlänge, die Lucky zugeteilt worden war.

»Schon bald wird hier eine gebaut werden«, erwiderte Lucky. »Und vieles andere mehr.«

Bigman berührte Luckys Helmscheibe, um seine Aufmerksamkeit zu erregen, und deutete auf eine andere

Gestalt. »Da ist Norrich. Der arme Kerl! Er kann nichts von diesen Wundern sehen!«

»Ich hatte ihn schon bemerkt«, antwortete Lucky. »Er hat Mutt bei sich.«

»Ja. Beim heiligen Mars, sie tun allerhand für diesen Norrich! Der Hund hat einen besonders für ihn angefertigten Raumanzug. Als du dir Notizen während der Landung machtest, sah ich zu, wie sie ihn dem Tier anzogen. Sie mußten allerhand Tests durchführen, um sich zu vergewissern, ob er Norrichs Stimme im Kopfhörer vernahm und ob er überhaupt Norrich noch gehorchte, wenn der auch in den Raumanzug geklettert war. Offenbar ging alles glatt.«

Lucky nickte. Einem plötzlichen Impuls folgend, ging er rasch auf Norrich zu. Ios Schwerkraft lag knapp über der des Erdmonds, und so hatten er und Bigman überhaupt keine Schwierigkeiten.

Mit ein paar langen, flachen Schritten überbrückte er den Abstand. Lucky schaltete auf die Wellenlänge des blinden Ingenieurs und rief ihn an.

Wenn man eine Stimme im Kopfhörer empfängt, kann man natürlich nicht die Richtung des Sprechers bestimmen. Hilflos starrten Norrichs erloschene Augen in die Runde. »Wer ist da?«

»Lucky Starr.« Er stand dem Blinden jetzt gegenüber und erkannte durch das Helmfenster den Ausdruck unaussprechlicher Freude auf Norrichs Gesicht. »Sind Sie glücklich, hier zu sein?«

»Glücklich? So kann man es nennen. Ist Jupiter sehr schön?«

»Sehr. Soll ich Ihnen den Anblick beschreiben?«

»Nein. Das ist nicht nötig. Ich habe ihn oft im Fernrohr gesehen, als . . . als ich noch gesunde Augen hatte, und ich sehe ihn jetzt im Geiste vor mir. Es ist nur ... ich weiß nicht, ob Sie mich verstehen werden. Wir gehören jetzt zu den wenigen Menschen, die als erste eine neue Welt betreten. Ist Ihnen klar, daß wir dadurch zu einer auserlesenen Gruppe gehören?«

Er streckte die Hand nach unten aus, um Mutt den Kopf zu streicheln, berührte aber natürlich nur den Metallhelm des Hundes. Durch das gekrümmte Helmfenster sah Lucky die hechelnde Zunge und die Augen des Hundes, die unruhig hin und herwanderten, als verstörten die ungewöhnte Umgebung und die Stimme seines Herrn ohne dessen normalen Körper das Tier.

»Armer Mutt!« sagte Norrich leise. »Die niedrige Schwerkraft macht ihn ganz konfus. Ich darf nicht mehr lange mit ihm hier draußen bleiben.«

Dann aber fuhr er im Hochgefühl des einmaligen Erlebnisses fort: »Denken Sie an die Billionen von Menschen, die in der Milchstraße leben! Wie verschwindend wenige davon dürfen sich glücklich preisen, einmal die ersten Menschen in einer fremden Welt gewesen zu sein! Die meisten kennt man noch beim Namen. Armstrong und Aldrin waren die ersten Menschen auf dem Mond, Ching der erste Mensch auf dem Mars, Lubell und Smith die ersten auf der Venus. Zählen Sie sie zusammen! Rechnen Sie noch die ersten Menschen auf sämtlichen Asteroiden und auf allen Planeten außerhalb des Sonnensystems dazu! Es bleiben doch immer nur sehr, sehr wenige. Und jetzt gehören wir zu diesen wenigen Auserwählten! *Ich* gehöre zu ihnen!«

Er breitete die Arme aus, als wolle er den ganzen Satelliten umarmen. »Und auch das verdanke ich Summers. Er hat eine neue Technik entwickelt, den Bleikontaktpunkt herzustellen – damit wurden zwei Millionen

Dollar und ein ganzes Jahr Arbeit eingespart, und er war nicht mal ein gelernter Mechaniker! Für diese Leistung bot man ihm als Belohnung die Teilnahme an diesem Flug an. Sie haben gehört, was er damals antwortete. Er sagte, daß ich das viel eher verdient hätte. Man erwiderte ihm, er habe wohl recht, aber ich sei doch blind! Da erinnerte er sie, wie es zu meiner Erblindung gekommen war, und fügte hinzu, ohne mich ginge er nicht an Bord. Daraufhin wurden wir beide eingeladen. Ich weiß, daß Sie beide nichts von Summers halten, aber ich verdanke ihm ungeheuer viel.«

Da ertönte in allen Kopfhörern die Stimme des Commanders: »An die Arbeit, Männer! Jupiter läuft uns nicht weg. Den könnt ihr später noch zur Genüge betrachten.«

*

In den nächsten Stunden wurde das Schiff entladen. Man schlug Zelte auf und stapelte Ausrüstungsgeräte. Man errichtete vorläufige luftdichte Räume für mögliche Benutzung als sauerstoffversorgtes Hauptquartier außerhalb des Schiffs.

Dennoch warfen die Männer weiterhin manchen staunenden Blick zum Himmel, und niemand verwehrte es ihnen. Zufälligerweise waren gerade die drei anderen großen Jupitermonde sichtbar.

Europa stand am nächsten. Der Satellit erschien nur wenig kleiner als der Erdmond. Er stand als Halbmond dicht über dem östlichen Horizont.

Der etwas kleinere Ganymed stand als Halbmond ziemlich hoch am Himmel.

Callisto, nur ein Viertel so groß wirkend wie der Erdmond, stand in der Nähe des Jupiter und war wie der

Planet im dritten Viertel. Alle drei zusammen gaben nicht so viel Licht her wie der Vollmond der Erde, und neben dem Jupiter schrumpften sie zur Bedeutungslosigkeit.

So etwas Ähnliches äußerte Bigman zu Lucky.

Der betrachtete nachdenklich den östlichen Horizont. Dann blickte er seinen kleinen Freund vom Mars an und sagte: »Du meinst also, Jupiter sei das Größte?«

»Hier oben bestimmt«, sagte Bigman mit Überzeugung.

»Dann warte mal ab!«

In der dünnen Atmosphäre von Io gab es keine Dämmerung. Nichts kündigte das bevorstehende Ereignis an. Über den eisbedeckten Kämmen der niedrigen Hügel blitzte es diamantengleich auf. Sieben Sekunden später erhob sich die Sonne über den Horizont.

Sie war wie eine kleine Perle, ein glänzender weißer Kreis. Aber diese Zwergsonne verbreitete unvergleichlich mehr Licht als der Riese Jupiter.

*

Sie hatten das Fernrohr gerade rechtzeitig aufgestellt, um das Verschwinden von Callisto hinter dem Jupiter zu beobachten. Die übrigen beiden Satelliten würden ihm folgen. Io drehte sich in 42 Stunden um Jupiter, wobei er ihm immer die gleiche Hälfte zuwandte. Das bedeutete, daß die Sonne und die Sterne in 42 Stunden einmal um den Himmel über Io zu kreisen schienen.

Io hatte von allen Satelliten die größte Geschwindigkeit. Bei dem Rennen um Jupiter überholte er daher ständig die anderen Monde. Am häufigsten Callisto, den entferntesten und langsamsten. Daher umkreiste Callisto den Io-Himmel in zwei Tagen. Bei Ganymed dauerte es vier und bei Europa sieben Tage. Alle bewegten sich von Ost nach West und verschwanden nacheinander hinter dem Planeten.

Der Durchgang des Callisto vor dem Jupiter, den sie als erstes beobachten konnten, hatte große Aufregung verursacht. Sogar Mutt schien davon angesteckt. Er hatte sich inzwischen immer mehr an die niedrige Schwerkraft gewöhnt, und Norrich ließ ihn manchmal für einige Zeit von der Leine los. Dann stolzierte er grotesk schwerfällig umher und versuchte vergeblich die zahlreichen seltsamen Dinge, die es hier gab, zu beschnuppern. Als Callisto endlich über die schimmernde Kugel des Jupiter hinweggewandert war und bald hinter ihm verschwinden sollte, senkte sich tiefes Schweigen über die Männer. Da setzte sich auch Mutt und starrte, während er die Zunge heraushängen ließ, zum Himmel hinauf.

Und nun galt aller Aufmerksamkeit der Sonne. Sie bewegte sich scheinbar schneller als die Monde des Jupiter. Sie holte Europa ein, dessen Sichel dabei zu einer dunklen Neumondscheibe wurde, und zog hinter ihm vorbei. Dieser Durchgang dauerte 30 Sekunden. Als die Sonne wieder zum Vorschein kam, wurde aus Europa wieder eine Sichel, deren Spitzen jetzt zur anderen Seite zeigten.

Ganymed war hinter Jupiter verschwunden, bevor die Sonne ihn einholte, und Callisto war inzwischen, nachdem er hinter Jupiter wieder zum Vorschein gekommen war, am Horizont untergegangen.

Nun näherte sich die Sonne Jupiter.

Hingerissen beobachteten die Männer, wie die Sonne am Himmel höher stieg. Entsprechend wurde Jupiters sonnenbeschienene Fläche kleiner. Er wurde zum »Halbmond«, schrumpfte ins letzte Viertel und war schließlich nur noch eine große Sichel. Dabei war natürlich die helle Seite immer der Sonne zugekehrt.

In der dünnen Atmosphäre des Io zeigte der Sonnenhimmel ein tiefes Purpurrot, und nur die lichtschwachen Sterne verblaßten völlig. Vor diesem Hintergrund brannte die riesenhafte Jupitersichel, deren farbenreiche Atmosphäre sich der unerbittlich näherrückenden Sonne entgegenwölbte.

Es war, als schleudere ein kosmischer Schütze Davids Kieselstein gegen Goliaths Stirn.

Als die Sonne den Planeten fast zu berühren schien, wurde das Licht auf Jupiter zu einem gelblichen, gekrümmten Faden.

Und dann schob sich die Sonne hinter Jupiter, und die Männer brachen in Begeisterungsschreie aus. Sie hatten ihre Helmfenster mit Tüchern verhängt. Aber jetzt war das nicht mehr notwendig, denn das Sonnenlicht wurde so dunkel, daß es mit freiem Auge zu ertragen war.

Doch gänzlich verschwand es nicht. Zwar war die Sonne nun hinter Jupiter und damit verdeckt, aber ihre Strahlen drangen, wenn auch trübe, immer noch durch die dichte und tiefe Wasserstoff- und Helium-Atmosphäre des Riesenplaneten.

Jupiter selbst war jetzt unsichtbar. Dafür flammte seine Atmosphäre auf. Sie brach und beugte die Sonnenstrahlen, die sie durchdrangen, und am Rand des dunklen Planeten erschien eine gekrümmte Schicht von milchigem Licht. Die Schicht wuchs nach den Seiten. Und als die Sonne weiter hinter Jupiter wanderte, vereinigten sich die beiden Spitzen, und es entstand so etwas wie ein funkelnder Diamantring am Himmel, in dem 2000 Erdmonde Platz gefunden hätten.

Je weiter die Sonne hinter Jupiter kreiste, umso trüber

wurde der Lichtring. Immer mehr verblaßte sein Schimmer, bis er völlig erlosch. Nun war der Himmel tiefschwarz und gehörte, abgesehen von der bleichen Sichel Europas, allein den Sternen.

»So wird es jetzt fünf Stunden lang bleiben«, sagte Lucky zu Bigman. »Danach wird sich, wenn die Sonne hinter Jupiter hervortritt, alles in umgekehrter Reihenfolge wiederholen.«

»Und das geschieht alle 42 Stunden?« fragte Bigman voll Ehrfurcht.

»Alle 42 Stunden«, bestätigte Lucky.

*

Am folgenden Tage kam Panner auf sie zu und rief: »Wie geht es Ihnen? Wir sind fast fertig.« Mit einer Armbewegung umfaßte er dieses Tal des Io, das mit allen möglichen Bauten und Geräten übersät war. »Wir treten bald die Rückreise an, müssen Sie wissen. Das meiste von diesem Zeug lassen wir hier.«

»Tatsächlich?« wunderte sich Bigman.

»Warum nicht? Es gibt kein Leben auf dem Satelliten und so gut wie keine Wettereinflüsse. Gegen die Ammoniak-Atmosphäre hat alles einen Schutzanstrich erhalten, und der hält das Zeug bis zum Eintreffen einer zweiten Expedition in bestem Zustand.« Er senkte die Stimme: »Hört noch jemand auf Ihrer Wellenlänge mit, Ratsmann?«

»Mein Empfänger hat keinen entdeckt.«

»Wollen Sie einen Spaziergang mit mir machen?« Und schon ging er voran und führte sie aus dem flachen Tal die leichte Steigung zu den umgebenden Hügeln hinauf. Die beiden folgten ihm.

»Ich muß Sie um Verzeihung bitten, wenn mein Benehmen an Bord Ihnen unhöflich vorkam«, sagte Panner. »Ich hielt es so für besser.«

»Wir nahmen es Ihnen nicht übel«, versicherte Lucky.

»Ich versuchte auf eigene Faust zu ermitteln, wissen Sie. Und dabei erschien es mir sicherer, wenn es so aussah, als stecke ich nicht mit Ihnen unter einer Decke. Ich war mir ziemlich sicher, daß ich nur scharf aufpassen müsse, dann würde ich den Betreffenden schon erwischen, wenn er sich anders als ein Mensch benähme. Sie verstehen, was ich meine? Doch leider klappte es nicht.«

Sie hatten die erste Anhöhe erklommen, und Panner blickte ins Tal zurück. »Sehen Sie sich den Hund an!« sagte er amüsiert. »Er hat sich tadellos mit der niedrigen Schwerkraft abgefunden.«

Mutt hatte wirklich in den letzten Tagen eine Menge dazugelernt. Sein Körper bog und streckte sich abwechselnd, als er in flachen Sieben-Metersprüngen dahinjagte, und man meinte, ihm anzusehen, was für ein Vergnügen er dabei empfand.

Panner stellte sein Radio auf die Wellenlänge, die für den Sprechverkehr Norrichs mit Mutt reserviert worden war, und rief: »He, Mutt, he, mein Junge, he, Mutt!« und pfiff dem Hund.

Der Hund hörte ihn natürlich und sprang hoch in die Luft. Auch Lucky schaltete diese Wellenlänge ein und hörte freudiges Bellen. Panner schwenkte den Arm, und der Hund rannte auf sie zu. Plötzlich blieb er stehen und blickte zurück, als überlege er, ob es recht sei, seinen Herrn alleinzulassen. Dann kam er langsam näher.

Die Männer setzten ihren Weg fort. »Wenn die Sirianer einen Roboterspion konstruieren«, sagte Lucky, »dann kann man sich darauf verlassen, daß sie ein Meisterwerk liefern. Durch oberflächliche Beobachtung wird man ihn nie entlarven.«

»Meine Beobachtung«, protestierte Panner, »war bestimmt nicht oberflächlich.«

Luckys Stimme klang bitter. »Ich bin zu der Ansicht gekommen, daß nur ein erfahrener Robotik-Fachmann mehr als oberflächliche Beobachtung leisten kann.«

Sie schritten über eine im Jupiterlicht schimmernde Fläche, die an irdischen Schnee erinnerte, und Bigman sah mit Erstaunen auf seine Füße.

»Das Zeug schmilzt ja!« sagte er. Er bückte sich und nahm etwas in die behandschuhte Hand. Es schmolz wie Butter in der Sonne und tropfte wieder zu Boden. Er bemerkte, daß seine Schritte tiefe Abdrücke hinterlassen hatten.

»Es sieht aus wie Schnee«, sagte Lucky, »ist aber gefrorenes Ammoniak. Sein Schmelzpunkt liegt bei 45 Grad unter null, und da dein Weltraumanzug Wärme ausstrahlt, schmilzt es auf der Stelle.«

Bigman rannte in großen Sprüngen auf eine Fläche voll »Tiefschnee« zu. Seine Schritte hinterließen kleine Löcher. »Ah, das ist ein Spaß!« rief er begeistert.

Lucky rief ihm nach: »Sieh lieber erst nach, ob deine Heizung funktioniert, bevor du im Schnee spielst.«

»Sie ist an!« rief Bigman zurück. Mit langen Sätzen eilte er einen Abhang hinunter und warf sich dann in den Schnee. Er sah aus wie ein Wasserspringer in Zeitlupe. Endlich landete er im Ammoniak und verschwand darin für einen Augenblick. Gleich darauf stand er wieder auf den Füßen.

»Als ob man in eine Wolke tauchte, Lucky! Hörst du mich? Komm, probier es auch mal! Das macht mehr Laune als Sandskilaufen auf dem Mond!«

»Später, Bigman«, vertröstete ihn Lucky, der sich wieder an Panner wandte: »Haben Sie zum Beispiel einige der Männer irgendwie auf die Probe gestellt?«

Aus den Augenwinkeln beobachtete Lucky, wie sich Bigman zum zweitenmal in die Massen von Ammoniakschnee warf. Ein paar Augenblicke vergingen. Lucky wurde aufmerksam. Er rief: »Bigman!« Dann lauter und voll Besorgnis: »Bigman!«

Er rannte los.

Er hörte Bigmans Stimme. Sie war nur ein schwaches Keuchen. »Luft . . . bin verletzt . . . auf Felsen gefallen . . . unten im Fluß . . .«

»Halt aus! Ich komme!« Lucky und Panner eilten mit langen Schritten auf die Unglücksstelle zu.

Lucky war natürlich sofort klargeworden, was geschehen war. Die Temperatur auf Io war nicht weit von der Schmelztemperatur des Ammoniak entfernt. Unter den Ammoniakflächen konnte schmelzendes Ammoniak verborgene Flüsse speisen. Flüsse aus jener faulriechenden, erstickenden Substanz, die sich so reichlich auf den äußeren Planeten und ihren Satelliten findet.

Dann schlug Bigmans rasselnder Husten an sein Ohr. »Luftschlauch kaputt . . . Ammoniak dringt ein . . . ich ersticke . . .«

Lucky erreichte das Loch, das Bigman bei seinem Tauchsprung aufgerissen hatte, und schaute in die Tiefe. Deutlich war der Ammoniakfluß zu sehen. Blasen schlagend floß er langsam über scharfe Felskanten hügelabwärts. An einer dieser Kanten mußte Bigman sich den Luftschlauch aufgerissen haben.

»Bigman, wo bist du?«

Eine ersterbende Stimme antwortete: »Hier!« Aber Bigman war nirgends zu entdecken.

XIII

SABOTAGE AN BORD

Mit Todesverachtung sprang Lucky in den freigelegten Fluß. Bei der schwachen Schwerkraft auf Io sank er nur langsam hinunter. Er war wütend. Über den verzögerten Fall. Über Bigmans plötzliche kindische Begeisterung.

Über sich selber. Er hätte Bigman doch rechtzeitig zurückhalten können!

Lucky fiel in den Fluß. Hochauf spritzte der Ammoniak und sank mit überraschender Schnelligkeit wieder herunter. In der dünnen Atmosphäre fielen die Tropfen trotz der geringen Anziehungskraft sofort herab.

Schwimmen war im Ammoniakfluß ausgeschlossen. Lucky hatte es nicht anders erwartet. Flüssiges Ammoniak besitzt weniger Dichte als Wasser und weniger Auftrieb. Dafür war allerdings auch die Strömung schwach. Ohne die Beschädigung seines Luftschlauchs hätte Bigman nicht die geringste Schwierigkeit gehabt, aufzustehen, aus dem Fluß zu steigen und den Hang hinaufzuwaten.

Aber unter diesen Umständen . . .

Lucky rannte planschend flußabwärts. Irgendwo da vorn kämpfte der kleine Marsianer mit schwindenden Kräften gegen das giftige Ammoniak. Wenn das Loch im Schlauch so groß war, daß die Flüssigkeit eintreten konnte, würde Lucky zu spät kommen.

Vielleicht war es jetzt schon zu spät! Bei diesem Gedanken legte sich ein eiserner Ring um Luckys Brust.

Ein Körper schoß an Lucky vorbei und stürzte sich in die Ammoniakmassen. Schon war er verschwunden.

Langsam bröckelte festes Ammoniak in den entstehenden schmalen Tunnel.

»Panner!« rief Lucky.

»Hier bin ich.« Von hinten legte sich die Hand des Chefingenieurs auf Luckys Schulter. »Das war eben Mutt. Als Sie schrien, kam er angerast. Wir waren ja beide auf seiner Wellenlänge.«

Auf der Spur des Hundes kämpften sie sich beide durch das Ammoniak weiter. Da kam ihnen der Hund auch schon entgegen.

»Er hat Bigman!« rief Lucky erregt.

Kläglich genug hatte Bigman sich mit beiden Armen an die vom Raumanzug umschlossenen Flanken des Hundes gehängt. Und obwohl dadurch Mutts Bewegungsfähigkeit stark eingeschränkt war, kam der Hund allein dank seiner starken Schultermuskeln und begünstigt durch die niedrige Schwerkraft gut voran.

Als Lucky sich zu Bigman herabbeugte, verließen den kleinen Marsianer vollends die Kräfte. Er mußte den Hund loslassen und fiel zu Boden.

Lucky hob ihn hoch. Er verlor keine Zeit mit Fragen oder Untersuchungen. Es gab nur eine Möglichkeit, ihn zu retten. Er drehte den Sauerstoffzufluß an Bigmans Raumanzug auf Maximum, legte sich den Kleinen über die Schulter und lief mit ihm zum Schiff zurück. Noch nie im Leben war er beim Laufen so an die Grenzen seiner Leistungsfähigkeit gegangen. So kurz und kraftvoll stieß er sich nach jedem rasenden langen Schritt vom Boden ab, daß es von weitem so aussah, als flöge er darüber hin.

Panner folgte ihm keuchend in einigem Abstand, während Mutt aufgeregt an Luckys Fersen blieb.

Noch während des Laufens verständigte Lucky über

die Gemeinschaftswelle die anderen, und in aller Eile wurde ein luftdichtes Zelt hergerichtet.

Im vollen Lauf warf sich Lucky in das Zelt. Hinter ihm schloß sich der Eingang. Noch einmal pumpten sie Luft hinein, um den Verlust auszugleichen, der durch die kurz geöffnete Tür entstanden war.

Mit fliegenden Fingern schraubte Lucky dem bewußtlosen Bigman den Helm ab. Etwas langsamer schälte er ihn dann aus dem Raumanzug.

Er legte ihm die Hand auf die Brust und fühlte zu seiner großen Erleichterung sein Herz schlagen. Das Zelt war natürlich für Erste Hilfe eingerichtet. Er injizierte ihm ein kreislaufstärkendes Mittel und wartete dann ab, daß Wärme und viel Sauerstoffzufuhr ihre Wirkung taten.

Endlich begannen Bigmans Augenlider zu flattern. Sie hoben sich, und sein Blick suchte Lucky. Seine Lippen bewegten sich. Sie formten das Wort »Lucky«, aber kein Ton war zu vernehmen.

Lucky lachte vor Erleichterung und dachte nun erst daran, sich seines eigenen Raumanzugs zu entledigen.

Wieder an Bord von *Jupitermond* blieb Harry Norrich vor der offenen Tür stehen, hinter der Bigman sich allmählich erholte. Seine blicklosen porzellanblauen Augen schienen vor Freude Leben zu bekommen.

»Wie geht es dem Invaliden?«

Bigman richtete sich mühevoll auf und rief: »Gut! Beim heiligen Mars, mir geht's großartig! Ich wäre schon lange wieder auf den Beinen, wenn Lucky mich nur ließe!«

Lucky äußerte grunzend seine Zweifel.

Aber Bigman war in Fahrt. »He«, fuhr er fort, »lassen Sie Mutt reinkommen! Guter, alter Mutt! Hier, alter Junge, hier!«

Norrich ließ die Führleine los, und Mutt kam zu Bigman getrabt. Wild wedelte er dabei mit dem Schwanz, und seine klugen Augen blickten so verständig, daß man das Gefühl hatte, Mutt werde sich im nächsten Augenblick auch nach Bigmans Befinden erkundigen.

Bigman umarmte den Hund. »Ja, du bist ein echter Freund! Norrich, Sie haben gehört, was er geleistet hat, ja?«

»Alle haben es gehört!« Es war deutlich zu sehen, daß Norrich sich durch die Leistung seines Hundes auch persönlich geschmeichelt fühlte.

»Ich habe es gar nicht so richtig mitgekriegt«, berichtete Bigman, »weil ich gleich darauf das Bewußtsein verlor. Ich atmete Ammoniak ein und wurde damit nicht fertig. Ich rollte hangabwärts, immer durch den Ammoniakschnee. Dann kam da jemand hinter mir her. Ich hörte ihn. Ich nahm natürlich an, es sei Lucky. Dann wühlte der Jemand den Schnee ringsum so weit auf, daß etwas Licht vom Jupiter hereindrang, und ich erkannte Mutt. Das letzte, woran ich mich erinnere, ist, daß ich mich an ihn klammerte.«

»Und das war gut so«, bemerkte Lucky. »Denn ehe ich dich gefunden hätte, wärst du hinüber gewesen.«

Bigman zuckte die Achseln. »Ach, Lucky, übertreibe nur nicht! Wenn mein Luftschlauch nicht an der Felskante hängengeblieben und aufgeschlitzt worden wäre, dann hätte sich überhaupt nichts abgespielt. Auch damit wäre ich noch fertiggeworden, wenn ich nur so viel Verstand besessen hätte, den Sauerstoffdruck voll aufzudrehen, um das Ammoniak rauszuhalten. Dieser erste Atemzug muß mich völlig umgeworfen haben. Ich konnte keinen klaren Gedanken mehr fassen.«

In diesem Augenblick kam Panner vorbei und schaute herein. »Wie geht es Ihnen, Bigman?«

»Beim heiligen Mars, ich glaube, ihr denkt alle, ich sei schon Invalide oder sowas! Aber bei mir ist alles in Ordnung. Sogar der Commander war schon hier und rang sich ein paar mitfühlende Worte ab.«

»Nun«, sagte Panner, »vielleicht sind Sie ihm inzwischen sympathischer geworden.«

»Nie im Leben! Er will doch nur sichergehen, daß sein Jungfernflug nicht durch einen tödlichen Unfall überschattet wird. Es soll ein hundertprozentiger Erfolg für ihn werden, das ist alles.«

Panner lachte. »Sind Sie bereit für den Start?«

Lucky fragte: »Verlassen wir denn jetzt Io?«

»Kann nicht mehr lange dauern. Die Männer laden bereits alles wieder ein, was wir mit zurücknehmen, und sichern die Geräte, die hier bleiben. Ein Tip von mir: kommen Sie mal in die Pilotenkanzel, wenn die Reise begonnen hat! Von da aus haben Sie den allerbesten Blick auf Jupiter.«

Er kraulte Mutt am Ohr und ging.

Über Funk benachrichtigten sie Jupiter 9 von der bevorstehenden Abreise – wie vor einigen Tagen von der Landung auf Io.

»Warum rufen wir nicht die Erde?« erkundigte sich Bigman. »Chefratsmann Conway sollte doch erfahren, daß wir es geschafft haben.«

»Genau genommen«, sagte Lucky, »haben wir es erst geschafft, wenn wir auch den Rückflug nach Jupiter 9 hinter uns haben.«

Er verschwieg, daß er gar nicht darauf erpicht war, nach Jupiter 9 zurückzukehren, geschweige denn mit Conway zu sprechen. Schließlich hatte er auf dieser Reise bisher noch nichts erreicht.

Seine braunen Augen überwachten aufmerksam den

Kontrollraum. Ingenieure und Besatzung saßen an ihren für den Start vorgesehenen Plätzen. Der Commander, seine beiden Offiziere und Panner waren im Kontrollraum.

Lucky zerbrach sich den Kopf über die Offiziere – wie schon so oft über all jene zehn Männer, die er nicht durch den V-Frosch hatte überprüfen können. Er hatte mit jedem von ihnen schon mal gelegentlich gesprochen, allerdings nicht so häufig wie Panner. Er hatte ihre Kabinen durchschaut. Er und Panner hatten ihre Personalakten eingesehen. Das Ergebnis war gleich null.

Er würde zu Jupiter 9 zurückkehren, ohne den Roboter entdeckt zu haben. Danach würde es noch schwerer werden, ihn aufzuspüren. Und dann würde er eines Tages dem Hauptquartier des Rates mitteilen müssen, daß er einen Fehlschlag erlitten hatte.

In seiner Verzweiflung erwog er wieder einmal den Gedanken an eine Untersuchung mit Röntgenstrahlen und andere gewaltsame Methoden. Aber wie immer hielt ihn der Gedanke an die Möglichkeit ab, dabei eine vielleicht sogar atomare Detonation auszulösen.

Die Detonation würde den Roboter zerstören. Sie würde außerdem 13 Männer töten und ein unschätzbar wertvolles Schiff vernichten. Und was das Schlimmste war, die vielen anderen humanoiden Roboter, die nach Luckys Gefühl mit Sicherheit an anderen Orten der Konföderation des Sonnensystems spionierten, würden weiterhin unentdeckt bleiben.

Da schreckte ihn Panners plötzlicher Ruf auf: »Wir starten!«

Schon hörte er das bekannte entfernte Zischen des ersten Schubs, spürte den schweren Druck der Beschleunigung und sah, wie sich Io schneller und schneller entfernte.

*

Der Bildschirm war zu klein, um den Riesenplaneten in seiner ganzen Größe aufzunehmen. Die Fernsehkamera konzentrierte sich deshalb auf den Großen Roten Fleck des Jupiter und folgte ihm bei seiner Rotation.

»Ja, wir haben wieder auf Agrav geschaltet, um von Io wegzukommen«, sagte Panner. »Das ist nur eine vorübergehende Maßnahme.«

»Aber wir stürzen doch noch immer auf Jupiter zu«, wandte Bigman ein.

»Das stimmt, aber nur bis zu einem bestimmten Punkt. Dann schalten wir auf Hyperatomantrieb und nähern uns Jupiter in einer hyperbolischen Kurve. Danach schalten wir die Triebwerke ab und lassen Jupiter die restliche Arbeit tun. Wir werden ihm ungefähr bis auf 240 000 Kilometer nahekommen. Seine Anziehungskraft wird uns so beschleunigen, als wären wir der Kieselstein in einer großen Schleuder. Zuletzt stößt er uns wieder in den Weltraum. An einem bestimmten Punkt schalten wir dann erneut den Hyperatomantrieb ein. Indem wir diesen Bumerang-Effekt ausnutzen, statt direkt von Io aus Kurs auf Jupiter 9 zu nehmen, sparen wir allerhand Energie und erhalten außerdem Gelegenheit zu zahlreichen Superfotos von Jupiter aus größter Nähe.«

Er sah auf seine Uhr. »In fünf Minuten«, sagte er.

Lucky erriet, daß er sich auf den Zeitpunkt bezog, wo man von Agrav auf die Hyperatommotoren schalten und damit in den hyperbolischen Umlauf um Jupiter eintreten würde.

Panner ließ den Blick nicht mehr von seiner Uhr. »Die Zeit ist so festgesetzt, daß uns der Bumerang-Effekt auf den kürzesten Weg in Richtung Jupiter 9 bringen wird. Je weniger Seitenkorrekturen nötig sind, umso mehr Energie sparen wir. Wir müssen soviel wie möglich von unserer gespeicherten Energie zurückbringen. Je mehr wir sparen, umso besser für den Erfolg des Agrav-Schiffs. Mein Ziel sind 85 Prozent. Wenn wir 90 Prozent schafften, wäre das Spitze.«

»Und wenn Sie mit mehr Energie nach Hause kämen, als Sie mitgeführt haben?« fragte Bigman. »Wie würden Sie das bezeichnen?«

»Das wäre Superspitze, Bigman. Aber es ist unmöglich. Dem steht etwas entgegen, was man das zweite Gesetz der Hyperdynamik nennt. Danach ist es ausgeschlossen, den Energiepegel völlig zu erhalten, geschweige denn ihn noch zu vermehren. Eine gewisse Einbuße ist unvermeidlich.« Er lächelte genüßlich und verkündete: »Noch eine Minute!«

Auf die Sekunde genau setzten die Hyperatommotoren ein und erfüllten das Schiff mit ihrem verhaltenen Dröhnen. Mit dem Ausdruck höchster Zufriedenheit steckte Panner seine Uhr ein.

»Von jetzt an«, sagte er, »geschieht bis zu dem Landemanöver auf Jupiter 9 alles automatisch.«

Er hatte kaum ausgesprochen, als das Dröhnen aussetzte. Das Licht flackerte und ging aus. Fast sofort flammte es wieder auf. Aber jetzt leuchtete auf dem Kontrollschirm eine rote Schrift auf: NOTFALL.

Panner sprang auf. »Was im All . . .?«

Er rannte aus der Pilotenkanzel. Die Zurückbleibenden sahen ihm nach und tauschten dann Blicke aus, in denen sich die verschiedenen Stufen des Schreckens widerspiegelten. Der Commander war totenblaß geworden. Sein Faltengesicht wurde zu einer starren Maske.

Lucky faßte einen Entschluß. Er folgte Panner. Natürlich blieb ihm Bigman auf den Fersen.

Sie begegneten einem Ingenieur, der eben dem Maschinenraum entstieg. »Sir!« stieß er keuchend heraus.

»Was ist los, Mann?« rief Panner.

»Agrav ist ausgefallen. Es läßt sich nicht mehr aktivieren.«

»Was ist mit den Hyperatommotoren?«

»Kurzschluß in der Hauptleitung. Wir konnten gerade noch abschalten, sonst wäre alles explodiert. Und jetzt kann keiner mehr ran. Das Schiff würde zerrissen werden. Die gespeicherte Energie würde restlos explodieren.«

»Dann funktioniert nur noch der Notgenerator?«

»So ist es.«

Das Blut schoß Panner ins dunkle Gesicht. »Was soll das nützen? Mit dem Notgenerator können wir nicht in die Umlaufbahn um Jupiter einlenken. Aus dem Weg! Lassen Sie mich runter!«

Der Ingenieur machte Platz, und Panner stieg in den Schacht. Lucky und Bigman folgten dicht auf.

Seit jenem ersten Reisetag hatten Lucky und Bigman den Maschinenraum von *Jupitermond* nicht mehr aufgesucht. Die Szene hatte sich grundlegend verändert. Nichts mehr von jener erhabenen Stille, nichts von dem überwältigenden Gefühl schweigend arbeitender Riesenkräfte.

Statt dessen ein Gewirr aufgeregter Stimmen.

Panner betrat die 3. Etage. »Was ist passiert?« rief er. »Ich will genau wissen, wo der Fehler liegt.«

Die Männer traten zur Seite, um ihn durchzulassen. Dann drängten sich alle um einen komplizierten Mechanismus, der hinter einer geöffneten Luke sichtbar war. Ihre hilflosen Gebärden drückten Wut und Verzweiflung aus.

Sie hörten einen Mann die Sprossen des Niedergangs herabkommen. Es war der Commander, der plötzlich unter sie trat.

»Was ist geschehen, Ratsmann?« fragte er Lucky, der ernst vor sich hinblickte. Es war das erstemal seit der Abreise von Jupiter 9, daß Donahue das Wort an Lucky richtete.

»Eine äußerst schwerwiegende Panne, Commander,« sagte Lucky.

»Wie konnte das passieren? Panner!«

Panner war in die Betrachtung eines Gegenstandes versunken, den man ihm gerade zeigte. Jetzt richtete er sich auf und schrie in gereiztem Ton: »Was wollen Sie denn hier?«

Commander Donahues Nasenflügel bebten. »Wie konnten Sie diese Panne zulassen?«

»Ich habe hier keine Panne zugelassen.«

»Wie nennen Sie dann diese Schweinerei?«

»Sabotage, Commander! Heimtückische, mörderische Sabotage!«

»Was!«

»Fünf Schwerkraft-Relais sind völlig zerstört worden. Die Reserve-Relais wurden gestohlen und sind nicht aufzufinden. Die Hyperatommotoren wurden durch Kurzschluß so beschädigt, daß eine Reparatur ausgeschlossen ist. Das alles läßt nur eine Folgerung zu: Sabotage!«

Der Commander starrte seinen Chefingenieur fassungslos an. Endlich sagte er mit hohler Stimme: »Was können Sie tun?«

»Vielleicht werden die fünf Reserve-Relais noch irgendwo gefunden. Oder wir können welche herstellen, indem wir andere Schiffsgeräte ausschlachten. Aber das ist eine unsichere Sache. Vielleicht kann man die Beschädigungen der Hyperatommotoren einigermaßen reparieren. Jedenfalls würde es mehrere Tage dauern, und ob es klappt, kann ich nicht garantieren.«

»Mehrere Tage!« rief der Commander. »Es darf nicht mehrere Tage dauern! Wir stürzen doch auf Jupiter zu!«

Für kurze Zeit herrschte völliges Schweigen. Dann sprach Panner aus, was alle befürchteten. »Das ist richtig, Commander. Wir stürzen auf Jupiter zu, und wir können diesen Sturz nicht mehr rechtzeitig abbremsen. Das bedeutet, daß wir geliefert sind, Commander. Wir sind so gut wie tot!«

XIV

LUCKY ÜBERNIMMT DAS KOMMANDO

Tödliches Schweigen folgte Panners Worten. Lucky brach es schließlich. Er sprach mit schneidender Kommandostimme: »Niemand ist tot, solange er noch fähig ist zu denken. Wer versteht es am besten, mit dem Schiffscomputer umzugehen?«

»Major Brant«, antwortete Commander Donahue. »Er macht fast alle Kursberechnungen.«

»Ist er oben im Kontrollraum?«

»Ja.«

»Dann wollen wir raufgehen. Ich brauche das Planetarische Handbuch ... Panner, Sie bleiben hier und machen sich mit Ihren Männern an die Arbeit. Improvisieren Sie! Schlachten Sie alles aus, was nicht unbedingt gebraucht wird!«

»Was nützt uns das ...?« sagte Panner niedergeschlagen.

»Vielleicht nützt es uns nichts«, antwortete Lucky mit ungewohnter Schärfe. »Dann stürzen wir auf den Jupiter und haben eben vor unserem Tode noch ein paar Stunden mit Arbeit verbracht. Na und? Was ich Ihnen sagte, ist ein Befehl! Gehen Sie an die Arbeit!«

»Aber ...« Commander Donahue setzte zum Protest an. Doch nach diesem einen Wort stockte er.

»Als Mitglied des Wissenschaftsrates«, sagte Lucky, »übernehme ich die Befehlsgewalt über dieses Schiff! Wenn Sie sich widersetzen, wird Sie Bigman in Ihrer Kabine festsetzen. Ihre Ansicht können Sie dann später vor dem Kriegsgericht darlegen – falls wir mit dem Leben davonkommen.«

Lucky wandte sich ab und stieg schnell den Schacht hinauf. Bigman deutete Commander Donahue mit emporgerecktem Daumen an, ihm zu folgen, und schloß sich dann als letzter an.

Panner sah ihnen mit verzerrtem Gesicht nach und fuhr wutentbrannt seine Ingenieure an: »Nun aber los, ihr müden Faulenzer! Mit den Händen in den Hosentaschen rumstehen bringt uns nicht weiter. Ran an die Arbeit!«

*

Lucky stürmte in den Kontrollraum.

Der Offizier am Schaltpunkt fragte: »Was ist denn da unten schiefgegangen?« Seine Lippen waren blaß.

»Sie sind also Major Brant«, stellte Lucky fest. »Auf eine offizielle Vorstellung können wir wohl verzichten. Ich bin Ratsmann David Starr, und von jetzt an nehmen Sie Ihre Befehle von mir entgegen. Setzen Sie sich an den Computer, und tun Sie, was ich Ihnen sage! Und tun Sie es so schnell Sie nur können!«

Lucky hatte das Planetarische Handbuch vor sich. Wie alle großen Nachschlagewerke war es in Buchform ausgedruckt und nicht als Film archiviert. Auf der Suche nach einer bestimmten Information gelangte man schneller zum Ziel, wenn man Seiten umblätterte, als wenn man einen Film von Anfang bis Ende abspulen mußte.

Mit geübter Hand blätterte er und suchte in den endlosen Zahlenreihen, die die genaue Position jedes Himmelskörpers im Sonnensystem von mehr als 15 Kilometern Durchmesser (und einiger wichtiger kleinerer) zu bestimmten Standardzeiten angaben – mitsamt den Daten ihrer Eigenrotation und ihrer Geschwindigkeit.

»Nehmen Sie die folgenden Koordinaten und den Vektor! Berechnen Sie den Bahnverlauf sowie die Position dieses Punktes von jetzt an für jede Sekunde der folgenden 48 Stunden!«

Die Finger des Majors flogen über die Tasten der Maschine, die den Lochstreifen für die Dateneingabe in den Computer herstellte.

Noch während der Computer die Angaben verarbeitete, gab Lucky den nächsten Befehl: »Berechnen Sie von unserer gegenwärtigen Position und Geschwindigkeit aus unseren Bahnverlauf in bezug auf Jupiter und den Schnittpunkt mit dem Objekt, dessen Bahn wir gerade ermittelt haben!«

Und wieder machte sich der Major an die Arbeit.

Der Computer spuckte einen Lochstreifen aus, der

wurde von einer Decodiermaschine in lesbare Zahlen verwandelt, die alsbald auf einem Bildschirm aufleuchteten.

»Wie groß ist der Zeitunterschied am Schnittpunkt zwischen unserem Schiff und dem Objekt?«

Wieder betätigte der Major die Tasten mit rasender Schnelligkeit. Nach einer Weile erklärte er: »Wir verfehlen es um vier Stunden, 21 Minuten und 44 Sekunden.«

»Rechnen Sie aus, wie die Geschwindigkeit des Schiffs geändert werden muß, um gleichzeitig mit dem Objekt am Schnittpunkt einzutreffen! Nehmen Sie als Zeitpunkt für die Geschwindigkeitsänderung eine Stunde, von jetzt an gerechnet!«

Commander Donahue mischte sich ein: »So nahe bei Jupiter können wir nichts mehr machen, Ratsmann. Die Kraftreserve reicht nicht aus, um uns aus seinem Schwerefeld zu befreien. Verstehen Sie das nicht?«

»Ich habe den Major nicht aufgefordert, einen Fluchtkurs zu berechnen, sondern er soll das Schiff in Richtung auf Jupiter beschleunigen, und zwar mit aller Energie, die unsere Reserven hergeben.«

Der Commander prallte unwillkürlich zurück. »In Richtung auf Jupiter?«

Inzwischen hatte der Computer die Rechenvorgänge beendet und spuckte jetzt die Ergebnisse aus. »Reicht die Reserve für die notwendige Beschleunigung aus?« fragte Lucky.

»Ich glaube, ja«, sagte Major Brant mit zitternder Stimme.

»Dann beschleunigen Sie!«

»In Richtung auf Jupiter?« fragte Commander Donahue abermals.

»Ja. Genau das. Io ist nicht der innerste Mond des

Jupiter. Amalthea oder Jupiter 5 ist näher. Wenn wir seine Umlaufbahn richtig schneiden, können wir auf ihm landen. Wenn wir ihn verpassen, nun, dann sterben wir eben zwei Stunden früher.«

Plötzlich fühlte Bigman Hoffnung aufkeimen. Er verzweifelte nie, solange Lucky das Kommando hatte, aber bis zu diesem Augenblick war er aus Luckys Absichten nicht klug geworden. Jetzt fiel ihm ein früheres Gespräch ein, bei dem ihm Lucky eine Lektion über die Jupitermonde gehalten hatte.

Sie waren in der Reihenfolge ihrer Entdeckung numeriert worden. Amalthea war ein kleiner Satellit von nur 160 Kilometern Durchmesser. Er wurde erst nach den vier großen Monden entdeckt. So nannte man ihn Jupiter 5, obwohl er dem Jupiter am nächsten war. Aber irgendwie geriet das immer in Vergessenheit. Weil Io auch den Namen Jupiter 1 trug, dachte man unwillkürlich, daß zwischen ihm und dem Planeten kein weiterer Satellit mehr sei.

Eine Stunde später begann *Jupitermond* sein sorgfältig berechnetes Beschleunigungsmanöver, und den Männern war, als stürzten sie in eine tödliche Falle.

*

Die Bordteleskope waren nicht mehr auf Jupiter gerichtet. Obwohl er von Stunde zu Stunde größer wurde, zeigte der Bildschirm einen Himmelsausschnitt, der beträchtlich vom Rand Jupiters entfernt war. Man hatte die stärkste Vergrößerung eingestellt. In dieser Gegend mußte sich Jupiter 5 befinden, der dem Rendezvous mit einem Raumschiff entgegenflog, das mit wahnwitziger Geschwindigkeit auf Jupiter stürzte. Entweder würde das Schiff auf diesen Felsbrocken treffen und gerettet sein, oder es würde ihn verfehlen. Dann würde es elend zugrunde gehen.

»Da ist er!« rief Bigman aufgeregt. »Er zeigt die Form einer Scheibe.«

»Beobachtete Position und Geschwindigkeit berechnen!« befahl Lucky. »Dann mit der vorausberechneten Bahn vergleichen!«

Sein Befehl wurde unverzüglich ausgeführt.

»Irgendwelche Korrekturen erforderlich?« fragte Lucky.

»Wir müssen abbremsen um . . .«

»Die Zahlen interessieren mich nicht. Bremsen Sie ab!«

Jupiter 5 umkreiste den Planeten in zwölf Stunden mit einer Geschwindigkeit von fast 5.000 Kilometer pro Stunde. Das war anderthalb mal so schnell wie Io, während seine Anziehungskraft nur ein Zwanzigstel der des Io betrug. Beides machte eine Landung unerhört schwierig.

Mit bebenden Händen bediente Major Brant die Tasten seines Schaltpults bei den alles entscheidenden Seitenkorrekturen, die den Kurs von *Jupitermond* an den Jupiter 5 heranführen sollten. Dann mußte die Geschwindigkeit der des Satelliten angeglichen werden. Nur so war zu erwarten, daß Jupiter 5 das Schiff in eine Umlaufbahn ziehen und ihm die Landung ermöglichen würde.

Jupiter 5 lag jetzt groß und hellschimmernd vor ihnen. Wenn er so blieb, war alles gut. Wenn er wieder kleiner werden würde, dann hätten sie ihn verfehlt.

Endlich sprach Major Brant flüsternd das erlösende Wort: »Wir haben es geschafft!« Er ließ die Schalthebel los und barg zitternd den Kopf in beiden Händen.

Sogar Lucky zeigte Anzeichen von Erschöpfung und Freude. Für einen Augenblick schloß er wie überwältigt die Augen.

*

Der Aufenthalt auf Jupiter 5 gestaltete sich völlig anders als der auf Io. Dort hatte sich die gesamte Besatzung wie bei einer Besichtigung herrlicher Sehenswürdigkeiten gefühlt. Die Betrachtung des Sternenhimmels hatte Vorrang vor den gemächlichen Startvorbereitungen im Tal.

Auf Jupiter 5 dagegen verließ überhaupt keiner *Jupitermond*. Und niemand hatte Zeit, auf Sehenswürdigkeiten zu achten.

Die Männer blieben an Bord und arbeiteten fieberhaft an der Reparatur der beschädigten Maschinen. Nichts anderes zählte jetzt. Wenn es ihnen nicht gelang, die Motoren wieder in Gang zu bringen, würde die Landung auf Jupiter 5 ihr unvermeidliches Ende nur etwas hinauszögern und den Todeskampf verlängern.

Denn kein normales Raumschiff konnte zu einer Rettungsaktion auf Jupiter 5 landen. Ein zweites Agrav-Schiff aber würde es frühestens in einem Jahr geben. Bei einem Fehlschlag würden sie nur noch Gelegenheit haben, Jupiter und die übrigen Himmelswunder zu bestaunen, während sie auf das sichere Ende warteten.

Oh, dieser Himmel über Jupiter 5 war wirklich wunderbar! Wenn der Blick in den Sternenhimmel von Io aus schon überwältigte, dann galt das hier doppelt und dreifach.

Vom Landeplatz der *Jupitermond* gesehen, schien der untere Rand des Planeten den flachen, staubbedeckten Horizont des Satelliten zu streifen. Im luftleeren Raum wirkte der Riesenplanet so nahe, daß man meinte, man brauche nur die Hand auszustrecken, um ihn zu berühren.

Vom Horizont aus wölbte sich die gewaltige Kugel bis zur halben Höhe des Zenits empor. Als *Jupitermond* landete, war der Planet fast im vollen Stadium, und in das fast unerträglich blendende Gewoge glänzender Streifen und glühender Farben hätten nahezu 10.000 Vollmonde – so wie sie von der Erde zu sehen waren – hineingepaßt. Der Jupiter füllte hier fast ein Sechzehntel des gesamten Himmelsgewölbes aus.

Und da Amalthea in nur zwölf Stunden Jupiter umkreiste, schienen die hier sichtbaren vier Monde des Planeten sich dreimal so schnell vorwärtszubewegen wie auf Io. Das galt auch für die Sterne und alle übrigen Himmelskörper, mit der einzigen Ausnahme von Jupiter. Da der Satellit ihm immer die gleiche Halbkugel zuwandte, schien er am Himmel festgewachsen.

In fünf Stunden würde die Sonne aufgehen, genau wie auf Io. In gleicher Größe und Leuchtkraft. Aber sie würde sich dreimal so schnell auf den viermal so großen Jupiter zubewegen, und ihre Finsternis würde hundertmal so aufregend schön sein!

Aber niemand hatte die Zeit, die Sonnenfinsternis auf Amalthea zu beobachten. Sie fand zweimal statt, solange *Jupitermond* da war, aber niemand schenkte ihr einen Blick. Sie hatten weder die Zeit noch den Nerv dazu.

*

Panner ließ sich auf einen Sitz fallen. Er hatte trübe Augen über geröteten Tränensäcken. Als er sprach, war es ein heiseres Flüstern.

»All right. Alle Mann auf Station! Wir machen einen Probelauf!« Er hatte seit 40 Stunden nicht geschlafen. Während die anderen sich schichtweise ablösten, hatte Panner sich weder Ruhe noch eine Mahlzeit gegönnt.

Bigmann hatte sich als Handlanger nützlich gemacht. Er holte Werkzeug, er schleppte Material, er las nach Anweisung Skalen ab und wuchtete Hebel. Bei dem Probelauf war für ihn nichts zu tun, und eine Flugstation gab es für ihn nicht. So wanderte er bedrückt im Schiff umher. Er suchte Lucky und fand ihn im Kontrollraum in Gesellschaft von Commander Donahue.

Lucky hatte sein Hemd ausgezogen und trocknete sich Schultern, Arme und Gesicht mit einem großen Frotteehandtuch aus Kunststoff ab.

Als er Bigman erblickte, sagte er munter: »Das Schiff funktioniert wieder, Bigman. Wir starten in Kürze.«

Bigman riß die Augen auf. »Die Maschinen machen nur einen Probelauf, Lucky.«

»Es wird alles klappen. Dieser Jim Panner hat wahre Wunder vollbracht.«

»Ratsmann Starr«, sagte Commander Donahue formell, »Sie haben mein Schiff gerettet.«

»Nein, nein. Das ist Panners Verdienst. Er hat die halbe Maschine mit Kupferdraht und Spucke geflickt. Aber ich denke, sie wird halten.«

»Sie wissen, was ich meine, Ratsmann. Als wir alle in Panik verfielen und schon aufgeben wollten, haben Sie uns sicher nach Jupiter 5 gebracht. Sie haben mein Schiff gerettet! Und ich werde diese Tatsache ausdrücklich erwähnen, wenn ich vor das Kriegsgericht gestellt werde, weil ich die Zusammenarbeit mit Ihnen auf Jupiter 9 verweigerte.«

Lucky errötete. »Das kann ich nicht zulassen, Commander. Mitglieder des Wissenschaftsrats dürfen keine Publicity erhalten. Das ist wichtig! In dem offiziellen Bericht muß zu lesen sein, daß Sie jederzeit das Kommando hatten. Irgendwelche Maßnahmen von meiner Seite dürfen nicht erwähnt werden.«

»Unmöglich. Ich kann mir nicht die Lorbeeren ums Haupt flechten, die Sie verdient haben.«

»Sie müssen es tun. Das ist ein Befehl! Und kein Wort mehr vom Kriegsgericht!«

Commander Donahue richtete sich stolz auf. »Ich verlange, vor ein Kriegsgericht gestellt zu werden! Sie haben mich vor sirianischen Agenten gewarnt. Ich schlug Ihre Warnungen in den Wind, und was geschah? Die Agenten legten das Schiff durch Sabotageakte lahm.«

»Der Fehler liegt genauso bei mir«, sagte Lucky ruhig. »Ich war an Bord und habe die Sabotageakte nicht verhindert. Jetzt ist es entscheidend, den Saboteur zu ermitteln. Wenn uns das gelingt, können wir uns ein Kriegsgericht sparen.«

»Der Saboteur?« wiederholte der Commander. »Das kann ja nur der Roboter sein. Sie haben mich eindringlich vor ihm gewarnt. Wie konnte ich nur so blind sein!«

»Ich fürchte, Sie begreifen noch immer nicht. Es war nicht der Roboter!«

»Nicht der Roboter?«

»Kein Roboter hätte je im Schiff Sabotage verübt. Denn damit hätte er Menschen Schaden zugefügt. Das bedeutet eine Übertretung des ersten Gesetzes.«

Der Commander zog nachdenklich die Brauen zusammen. »Es könnte aber sein, daß er sich dessen nicht bewußt war.«

»Der Roboter kannte wie jeder Mann der Besatzung die Bedeutung von Agrav. Er hätte also gewußt, daß die

Zerstörungen Menschen in Lebensgefahr bringen würden. Jedenfalls glaube ich, den Saboteur zu kennen – spätestens in wenigen Minuten.«

»Ja? Wer ist es, Ratsmann Starr?«

»Überlegen Sie mal! Wenn jemand die Schiffsmaschinen derartig beschädigt, daß es explodieren oder auf den Jupiter stürzen wird, muß er entweder verrückt oder übermenschlich fanatisch sein, um an Bord dieses Schiffes zu bleiben.«

»Das meine ich auch.«

»Seit der Abreise von Io wurden die Luftschleusen nicht ein einziges Mal geöffnet. Der Innenluftdruck wäre sonst um eine Kleinigkeit gefallen. Aber die Barometer verzeichnen nicht das geringste Nachlassen. Also ist der Saboteur auf Io gar nicht mehr an Bord gegangen. Er ist immer noch dort, falls er nicht abgeholt wurde.«

»Wer sollte ihn abholen? Außer diesem Schiff kann kein anderes bis Io gelangen.«

Lucky lächelte grimmig. »Kein irdisches Schiff.«

Der Commander riß die Augen auf. »Mit Sicherheit auch kein sirianisches Schiff!«

»Woher wissen Sie das?«

»Ich bin ganz sicher.« Der Commander runzelte die Stirn. »Und außerdem fehlte niemand beim Start auf Io. Wenn jemand beim Aufruf gefehlt hätte, wären wir gar nicht gestartet.«

»Wenn es so ist, müssen jetzt noch alle Mann an Bord sein.«

»Das wollte ich damit sagen.«

»Nun«, sagte Lucky, »Panner hat vorhin alle auf Flugstation befohlen. Während des Probelaufs muß also jeder an seinem Platz gewesen sein. Rufen Sie Panner, und fragen Sie ihn, ob jemand fehlt!«

Commander Donahue schaltete die Sprechanlage ein und rief Panner.

Es gab eine kurze Verzögerung. Dann ließ sich Panners Stimme vernehmen. Er schien todmüde zu sein, so klang es. »Ich wollte Sie gerade anrufen, Commander. Der Probelauf war okay. Wir können starten. Mit etwas Glück wird alles bis zur Landung auf Jupiter 9 halten.«

»Sehr gut«, antwortete der Commander. »Ihre Arbeit wird verdientermaßen gewürdigt werden. Eine andere Frage: sind sämtliche Männer auf Station?«

Auf dem Bildschirm über der Sprechanlage wirkte Panners Gesicht plötzlich wie aus Stein gehauen. »Nein! Beim großen Weltraum, das wollte ich Ihnen ja noch melden! Wir können Summers nicht finden.«

»Red Summers!« kreischte Bigman wütend auf. »Dieser Dreckskerl von einem Mörder! Lucky . . .«

»Einen Augenblick, Bigman! Dr. Panner, sagten Sie, daß Summers nicht in seiner Kabine sei?«

»Er ist nirgends. Wenn das nicht unmöglich wäre, würde ich sagen, daß er überhaupt nicht an Bord ist.«

»Ich danke Ihnen.« Lucky trennte die Verbindung. »Nun, Commander . . .«

»Hör mal, Lucky«, unterbrach ihn Bigman. »Kannst du dich erinnern, wie ich dir einmal erzählte, daß ich ihn aus dem Maschinenraum kommen sah? Was hat er da unten getrieben?«

»Jetzt wissen wir es«, stellte Lucky fest.

»Und wir wissen auch, wie wir ihn uns schnappen können«, sagte der Commander, der totenblaß geworden war. »Wir landen auf Io und . . .«

»Warten Sie«, sagte Lucky. »Das Wichtigste zuerst. Es gibt Wichtigeres als die Festnahme eines Verräters.«

»Was?«

»Die Sache mit dem Roboter.«

»Die kann warten.«

»Vielleicht auch nicht. Commander, Sie sagten, daß beim Aufruf vor dem Start auf Io alle Mann an Bord der *Jupitermond* waren. Demnach muß beim Aufruf gemogelt worden sein.«

»Ja und?«

»Ich meine, wir müßten zuerst feststellen, wie das zustande kam. Ein Roboter kann keinen Sabotageakt verüben. Aber wenn ein Mensch ohne Wissen des Roboters die Sabotage verübt hat, wäre es ein Leichtes für den Roboter, den Mann von Bord zu schmuggeln, wenn er ihn darum bittet.«

»Ich verstehe. Sie meinen, der Roboter hat uns hinters Licht geführt. In Wirklichkeit war Summers beim Aufruf gar nicht an Bord!«

Lucky schwieg eine Weile. Er unterdrückte die aufkeimende Hoffnung, das empordrängende Triumphgefühl. Aber wie er es auch betrachtete, seine Theorie war hieb- und stichfest.

Schließlich sagte er: »Es scheint so.«

XV

DER VERRÄTER

»Major Levinson also«, sagte Commander Donahue tonlos. Seine Augen wurden dunkel. »Und doch kann ich es nicht glauben.«

»Was können Sie nicht glauben?« fragte Lucky.

»Daß er ein Roboter ist. Er hat die Anwesenheit der Männer beim Start geprüft. Er führt das Logbuch. Ich kenne ihn gut, und ich möchte schwören, daß er kein Roboter ist.«

»Wir werden ihn befragen, Commander. Und noch etwas . . .« Lucky sprach sehr ernst. »Werfen Sie ihm nicht vor, ein Roboter zu sein! Fragen Sie ihn nicht danach! Erwähnen Sie diese Möglichkeit mit keiner Silbe! Er darf überhaupt nicht merken, daß er unter Verdacht steht.«

Der Commander war überrascht. »Warum nicht?«

»Die Sirianer haben ein Mittel gefunden, ihre Roboter vor Entlarvung zu schützen. Wenn der Major wirklich der Roboter ist, kann eine unvorsichtige Frage von unserer Seite einen in seinem Körper verborgenen Sprengsatz zünden.«

»Beim Weltraum!« rief der Commander erschrocken.

*

Auch Major Levinson zeigte deutlich Spuren von Streß wie alle anderen Besatzungsmitglieder, aber er stand in militärisch straffer Haltung vor Donahue.

Der Commander sagte vorsichtig: »Ratsmann Starr möchte Ihnen ein paar Fragen stellen.«

Major Levinson sah Lucky an. Er war genauso groß wie Lucky, vielleicht noch einige Zentimeter größer, hatte blondes Haar, blaue Augen und ein schmales Gesicht.

»Beim Start auf Io«, begann Lucky, »wurden alle Mann vollzählig an Bord gemeldet. Diese Meldung haben Sie abgefaßt. Ist das richtig, Major?«

»Ja, Sir.«

»Haben Sie die Anwesenheit der Männer persönlich festgestellt?«

»Nein, Sir. Ich benutzte die Sprechanlage. Jeder einzelne beantwortete meinen Aufruf entweder von seiner Flugstation oder aus seiner Kabine.«

»Wirklich jeder? Haben Sie jeden an seiner Stimme erkannt? Ich meine: jeden ohne Ausnahme?«

Major Levinson machte ein erstauntes Gesicht. »Das nehme ich an. Sowas merkt man sich im allgemeinen nicht.«

»Aber es ist äußerst wichtig. Deshalb fordere ich Sie auf, sich den Vorgang noch einmal ins Gedächtnis zurückzurufen.«

Der Major zog die Brauen zusammen. Nachdenklich senkte er den Kopf. »Na schön. Warten Sie! Ja, jetzt fällt es mir wieder ein! Summers antwortete nicht selber. An seiner Stelle meldete sich Norrich und sagte, Summers sei gerade im Badezimmer.« Plötzlich packte ihn Erregung. »Was ist los? Man sucht gerade nach Summers!«

Lucky hob eine Hand. »Das hat nichts zu sagen, Major. Würden Sie mir jetzt bitte Norrich raufschicken?«

Kurz danach kam Norrich. Levinson führte ihn selber herein. Norrich sah verwirrt aus. »Commander, es scheint, daß Red Summers nirgends zu finden ist. Was ist ihm zugestoßen?«

Lucky kam einer Antwort des Commanders zuvor. »Wir überprüfen das gerade«, sagte er schnell. »Haben Sie Summers als anwesend gemeldet, als vor dem Start auf Io alle Männer aufgerufen wurden?«

Der blinde Ingenieur errötete. »Ja«, sagte er mit schmalen Lippen.

»Der Major sagt aus, Sie hätten gemeldet, daß sich Summers gerade im Badezimmer aufhielte.«

»Ja . . . Aber das stimmte nicht, Ratsmann. Er war noch mal für einen Augenblick von Bord gegangen, um etwas zu holen, was er vergessen hatte. Er wollte deswegen nicht vom Commander angemeckert werden – entschuldigen Sie, Sir – und bat mich, die Sache zu vertuschen. Er sagte, zum Start werde er auf jeden Fall rechtzeitig an Bord sein.«

»Und war er das?«

»Ich . . . ich nahm es jedenfalls an . . . Ich hatte den Eindruck, daß er ordnungsgemäß da war. Mutt bellte nämlich, und da meinte ich, Summers komme zurück. Ja, und dann? Nun, ich habe keine besonderen Aufgaben beim Start wahrzunehmen. Deshalb legte ich mich ein bißchen aufs Ohr und vergaß die ganze Angelegenheit. Dann ereignete sich diese Katastrophe im Maschinenraum, und von dem Moment an dachte ich natürlich überhaupt nicht mehr an Summers.«

In diesem Augenblick kam Panners Stimme laut und klar über die Sprechanlage. »Achtung, Achtung! Chefingenieur an alle! Alle Mann auf Station! Wir starten!«

*

Und abermals erhob sich die *Jupitermond* in den Weltraum. Ihr mächtiger Schub befreite sie von den Fesseln der Anziehungskraft Jupiters. Dabei verbrauchte sie in kürzester Zeit so viel Energie, wie fünf normale Raumschiffe während ihrer gesamten Lebensdauer. Aber nur ein kaum wahrnehmbares Flattern in dem gewohnten Dröhnen der Hyperatommotoren verriet dem geübten Ohr, daß das Schicksal des Schiffes von improvisierten Reparaturen abhing.

Mit düsterer Miene überschlug Panner den Energieverbrauch seines Schiffs. »Wie es aussieht, werden wir nur 70 Prozent der ursprünglichen Energiemenge nach

Hause bringen. Es hätten 85, ja 90 Prozent sein können! Wenn wir noch auf Io eine Zwischenlandung vornehmen, bleiben uns sogar nur 50 Prozent. Wobei ich mich nicht dafür verbürgen kann, daß unsere notdürftig geflickten Motoren der Beanspruchung durch einen erneuten Start standhalten.«

Aber Lucky blieb hart. »Wir müssen Summers aufgreifen. Und Sie wissen, warum.«

*

Als Io auf dem Bildschirm größer und größer wurde, sagte Lucky plötzlich skeptisch: »Weißt du, Bigman, es ist gar nicht sicher, daß wir Summers wirklich finden werden.«

»Du glaubst doch nicht etwa, daß ihn die Sirianer tatsächlich abgeholt haben?« fragte Bigman ungläubig.

»Nein. Aber Io ist ein recht großer Himmelskörper. Wenn er sich zu irgendeinem vorher ausgemachten Treffpunkt begeben hat, kann es leicht sein, daß wir ihn nie wieder ausfindig machen. Allerdings rechne ich damit, daß er keine großen Wanderungen unternimmt. Er müßte ja sonst allerhand Vorräte an Luft, Lebensmitteln und Wasser mit sich schleppen. Also ist es schon logisch, wenn er an seinem Platz bleibt. Hinzu kommt, daß er ja mit unserer Rückkehr nicht rechnet.«

»Daß dieser Dreckskerl hinter allem steckt, hätten wir von Anfang an wissen müssen«, meinte Bigman. »Seine erste Handlung war ein Mordversuch an dir. Da war doch eigentlich klar, daß er im Sold der Sirianer stand, oder?«

»Nur zu wahr, Bigman. Aber erinnere dich: damals suchten wir nach einem Spion. Summers hatte keinen

Zugang zu wichtigen Informationen. Dann stellte ich fest, daß der Spion nur ein Roboter sein kann. Damit war Summers wieder von jedem Verdacht befreit. Der V-Frosch hatte ja Gefühle bei ihm entdeckt. Er konnte also kein Roboter sein – und demnach auch nicht der gesuchte Spion. Das schloß natürlich nicht die Möglichkeit aus, daß er ein Verräter und Saboteur sein konnte. Insofern muß ich mich schuldig bekennen. Das übersah ich völlig bei meiner hektischen Suche nach dem Spion.«

Nachdenklich schüttelte er den Kopf. »Ein wirklich rätselhafter Fall. Immer wenn man glaubt, die Lösung am Horizont zu erblicken, kommt gleich darauf die kalte Dusche. Ausgerechnet Norrich mußte beim Aufruf für Summers antworten! Wäre es irgendein anderer gewesen, dann hätten wir unseren Roboter erwischt. Aber Norrich ist der einzige, der aus ehrenhaften Motiven Summers decken konnte. Er verdankte ihm viel. Er war sein Freund. Wir wissen das. Außerdem ist Norrich der einzige, dem man glauben muß, daß er nicht bemerkte, wie Summers entgegen seinem Versprechen auf Io zurückblieb. Denn er ist ja blind.«

»Außerdem zeigte er Gefühle«, bemerkte Bigman. »Also kann er kein Roboter sein.«

Lucky nickte. »Das ist nur zu wahr.« Danach versank er in Schweigen, und seine Stirn blieb umwölkt.

Und wieder gingen sie auf Io nieder. Sie landeten fast in den Spuren ihres letzten Starts. Die dunklen Punkte und Schatten im Tal entpuppten sich aus der Nähe als jene Geräte, die sie hier aufgebaut hatten.

Lucky betrachtete die Oberfläche des Satelliten aufmerksam am Bildschirm. »Haben wir eigentlich Luftzelte auf Io zurückgelassen?« fragte er.

»Nein«, antwortete der Commander.

»Dann haben wir, glaube ich, den Gesuchten schon entdeckt. Sehen Sie das Zelt hinter dem Felsmassiv da drüben? Haben Sie eine Liste über spurlos von Bord verschwundenes Material anfertigen lassen?«

Kommentarlos reichte ihm der Commander ein Blatt Papier. Lucky studierte es sorgfältig. Dann sagte er: »Bigman und ich werden ihn holen. Ich glaube kaum, daß wir Hilfe brauchen.«

*

Die winzige Sonne stand hoch am Himmel. Bigman und Lucky warfen sehr kleine Schatten. Jupiter war eine verblassende Sichel.

Lucky sprach auf Bigmans Wellenlänge: »Wenn er nicht gerade fest geschlafen hat, muß er die Landung des Schiffes bemerkt haben.«

»Falls er überhaupt noch hier ist.«

»Er ist bestimmt nicht weggekommen.«

Und da rief Bigman auch schon: »Bei den Sandstürmen des Mars, schau mal dorthin, Lucky!«

Eine Gestalt wurde oben auf dem Grat sichtbar. Sie stand als schwarzer Schattenriß vor der dünnen gelben Jupitersichel.

»Keine Bewegung!« Die Stimme in Luckys Kopfhörer war leise und klang sehr müde. »Ich habe einen Blaster!«

»Summers!« sagte Lucky. »Kommen Sie runter, und ergeben Sie sich!«

Bitterer Spott klang aus der erschöpften Stimme des anderen. »Habe ich also gleich die richtige Wellenlänge gefunden, wie, Ratsmann? Nun, es war einfach, Sie zu identifizieren. Ihr zwergenhafter Freund ist unverkennbar . . . Gehen Sie zum Schiff zurück, oder ich töte Sie beide!«

»Lassen Sie den albernen Bluff!« rief Lucky. »Auf diese Entfernung treffen Sie uns nie!«

Bigman mischte sich wütend ein: »Ich bin auch bewaffnet, und ich treffe Sie auch aus dieser Entfernung. Denken Sie daran, und lassen Sie den Finger vom Auslöser!«

»Werfen Sie Ihren Blaster weg, und ergeben Sie sich!« forderte Lucky.

»Niemals!« versetzte Summers.

»Warum nicht? Wem halten Sie denn hier die Treue?« fragte Lucky. »Den Sirianern? Haben sie Ihnen versprochen, Sie abzuholen? Dann hat man Sie belogen und betrogen. Sie sind es nicht wert, daß man ihnen die Treue hält. Sagen Sie mir, wo sich der sirianische Stützpunkt im Jupitersystem befindet!«

»Sie wissen doch so viel! Finden Sie es selber heraus!«

»Welche Subwellen-Kombination benutzen sie, wenn sie mit Ihnen in Verbindung treten?«

»Das müssen Sie auch selber herausfinden! Kommen Sie nicht näher heran!«

»Summers«, sagte Lucky eindringlich, »wenn Sie uns jetzt helfen, lege ich für Sie später ein gutes Wort auf der Erde ein!«

Summers lachte leise. »Das Wort eines Ratsmannes?«

»Ja.«

»Darauf verlasse ich mich nicht. Gehen Sie zum Schiff zurück!«

»Warum bekämpfen Sie ihre eigene Welt, Summers? Was haben Ihnen die Sirianer geboten? Geld?«

»Geld!« Die Stimme des anderen sprühte plötzlich vor Zorn. »Wollen Sie wissen, was sie mir boten? Ich sage es Ihnen. Die Chance, ein anständiges Leben zu führen.« Sie hörten, wie Summers mit den Zähnen knirschte. »Was hatte ich denn auf der Erde? Nichts als Elend! Ein übervölkerter Planet, der mir nicht die geringste Chance bot, mir einen Namen und eine Position zu schaffen.

Wohin ich kam, traf ich auf Millionen anderer Menschen, die mit Krallen und Klauen um ihre Existenz kämpften. Und als ich mich dagegen zur Wehr setzte, steckten sie mich ins Gefängnis. Da schwor ich mir, daß ich es eines Tages der Erde heimzahlen würde.«

»Was erwarten Sie denn für ein anständiges Leben vom Sirius?«

»Sie luden mich ein, auf einen sirianischen Planeten auszuwandern, wenn Sie es unbedingt wissen wollen.«

Er hielt inne. Sein Atem kam pfeifend. »Das sind neue Welten. Saubere Welten. Da gibt es noch genügend Platz für die Menschen. Da werden tatkräftige, begabte Männer gebraucht. Da hätte ich eine Chance.«

»Sie werden nie hinkommen. Wann werden Sie denn abgeholt?«

Summers schwieg.

»Machen Sie sich nicht länger etwas vor, Mann!« sagte Lucky. »Die holen Sie nie ab! Sie bieten Ihnen kein anständiges Leben. Sie bieten Ihnen überhaupt kein Leben! Statt dessen hat man Sie zum Tode verurteilt. Sie hatten sie schon vor einiger Zeit erwartet, nicht wahr?«

»Nein.«

»Lügen Sie nicht! Das verbessert Ihre Lage auch nicht. Wir haben nachgeprüft, was für Vorräte in der *Jupitermond* fehlen. Daher wissen wir genau, wieviel Sauerstoff Sie aus dem Schiff rausgeschmuggelt haben. Sauerstoffflaschen sind sperrige Gegenstände. Auch bei der niedrigen Schwerkraft auf Io lassen sie sich nicht so einfach in aller Eile und dabei noch heimlich rausbefördern. Ihr Luftvorrat ist fast aufgebraucht, stimmt's?«

»Ich habe noch jede Menge Luft«, behauptete Summers.

»Und ich sage, Sie pfeifen auf dem letzten Loch«,

widersprach Lucky. »Merken Sie denn nicht, daß die Sirianer gar nicht daran denken, Sie abzuholen? Ohne Agrav können sie nicht herkommen, und sie haben kein Agrav. Große Galaxis, sind Sie denn so verblendet von den sirianischen Welten, daß Sie sich mit einer derart primitiven Falle in den Tod locken lassen? Sagen Sie: was haben Sie denn für den Sirius getan?«

»Ich tat, worum man mich bat, und das war nicht viel«, antwortete Summers. »Und wenn ich etwas bereue«, rief er plötzlich herausfordernd, »dann nur, daß ich die *Jupitermond* nicht zerstört habe. Wie sind Sie überhaupt mit ihr zurechtgekommen? Ich habe sie doch kaputtgemacht, dieses elende, widerliche . . .« Er brach ab und rang nach Luft.

Lucky winkte Bigman zu und rannte dann los, in jenem schwebenden Laufstil, der für Welten mit niedriger Schwerkraft typisch ist. Bigman folgte ihm, wobei er etwas zur Seite abschwenkte, damit er und Lucky nicht mit einem einzigen Schuß außer Gefecht gesetzt werden konnten.

Summers legte den Blaster an, und dann hörten sie das leise Plopp – mehr war in der dünnen Atmosphäre von Io nicht zu vernehmen. Sand stob auf, und einige Meter von dem schnell laufenden Lucky bildete sich ein kleiner Krater im Boden.

»Ihr fangt mich nicht!« schrie Summers mit nachlassender Wildheit. »Ich gehe nicht zur Erde zurück. Sie holen mich ab. Die Sirianer holen mich ab!«

»Rauf hier, Bigman!« rief Lucky. Er hatte den Fuß des Felsgebildes erreicht. Er sprang in die Höhe, packte eine vorstehende Kante und zog sich weiter hoch. Bei einem Sechstel der Erdschwerkraft kann ein Mensch sogar im Raumanzug schneller klettern als jede Bergziege.

Sie hörten noch einen dünnen Schrei von Summers. Er

faßte sich mit den Händen an den Helm. Dann sprang er rückwärts und war verschwunden.

Lucky und Bigman kamen oben an. Auf der anderen Seite stürzte die Felswand steil ab. Nur ein paar scharfe Zacken unterbrachen die sonst glatten Klippen. Mit ausgestreckten Armen und Beinen schwebte Summers langsam in die Tiefe. Mehrmals stieß sein Körper gegen die Vorsprünge im Fels und prallte davon ab.

»Hinterher, Lucky!« rief Bigman und sprang, wobei er sich kräftig abstieß, um weit weg von der Felswand zu kommen. Lucky tat es ihm nach.

Auf der Erde, ja, auch auf dem Mars wäre es ein Sprung in den sicheren Tod gewesen. Auf Io klapperten einem höchstens ein bißchen die Zähne bei der Landung.

Beim Aufsetzen fingen sie den Anprall mit tiefer Kniebeuge und einer Rolle vorwärts ab. Lucky war zuerst wieder auf den Beinen und eilte zu Summers, der reglos mit ausgestreckten Gliedern dalag.

Bigman kam keuchend hinterher. »He, war gar nicht so einfach, der Sprung . . . Was ist los mit dem Kerl?«

»Er ist tot«, sagte Lucky grimmig. »Ich hörte an seinem Sprechen, daß sein Luftvorrat zur Neige ging. Zuletzt war er fast bewußtlos. Deshalb raste ich zu ihm rauf.«

»Aber so schnell stirbt man doch nicht«, wunderte sich Bigman.

Lucky schüttelte den Kopf. »Er beging Selbstmord. Er wollte nicht festgenommen werden. Kurz bevor er sprang, öffnete er den Helm und atmete die Giftatmosphäre von Io ein. Unterwegs prallte er noch mehrmals gegen die Klippen.«

Er trat zur Seite, und Bigman sah das zerschmetterte Gesicht des Toten.

»Armer Narr!« sagte Lucky.

»Armer Verräter!« Bigman schäumte. »Er kannte wahrscheinlich die Antwort und wollte sie uns nicht sagen. Nun schweigt er für immer.«

»Es macht nichts mehr aus, Bigman. Ich glaube, ich kenne die Antwort jetzt.«

XVI

DER ROBOTER WIRD ENTLARVT

»Ja?« Die Stimme des kleinen Marsmenschen rutschte wieder in höchste Töne. »Sag sie mir, Lucky!«

Aber Lucky antwortete: »Noch nicht.«

Er warf einen Blick auf Summers, dessen tote Augen leer in fremde Himmel starrten. »Eins hat Summers allen voraus. Er ist der erste Mensch, der auf Io starb.«

Er blickte auf. Die Sonne verschwand eben hinter Jupiter. Der Planet war nur noch eine schwach silbern glänzende Scheibe in der Dämmerung.

»Es wird bald dunkel sein«, sagte Lucky. »Laß uns zum Schiff zurückgehen!«

In ihrer Kajüte wurde Bigman von Ungeduld gepackt. Unentwegt schritt er auf und ab, drei Schritte in dieser Richtung, drei entgegengesetzt. »Aber wenn du es weißt, Lucky, warum machst du dann nicht . . .«

»Wenn ich etwas unternehme, riskiere ich, eine gefährliche Explosion auszulösen. Ich muß es auf meine Weise tun, Bigman, und zu der Zeit, die ich bestimme.«

Sein fester, entschlossener Ton beeindruckte Bigman. Der Marsbewohner wechselte das Thema. »Warum sitzen wir dann noch auf Io herum? Wegen dem Kerl da draußen? Der ist tot, und niemand kann ihm mehr helfen.«

»Etwas bleibt noch zu tun«, sagte Lucky. Das Türsignal leuchtete auf. »Öffne bitte, Bigman! Es wird Norrich sein.«

Er war es wirklich. Hinter seinem Führhund Mutt kam der blinde Ingenieur herein.

Seine Lider über den blinden, blauen Augen blinzelten. »Ich habe von Summers gehört, Ratsmann«, sagte er. »Ein schrecklicher Gedanke, daß er versucht hat zu ... zu ... Wirklich schrecklich! Ein Verräter! Und doch tut er mir irgendwie leid.«

Lucky nickte. »Das dachte ich mir. Deshalb bat ich Sie herzukommen. Auf Io ist es jetzt dunkel. Sonnenfinsternis. Wenn sie vorüber ist, möchte ich gern Summers begraben. Würden Sie mitkommen?«

»Ja. Es ist das wenigste, was wir für den Mann tun können, nicht wahr?« Norrich legte die Hand wie trostsuchend auf Mutts Schnauze, und der Hund kam näher und schmiegte sich an die Beine seines Herrn, als spüre er, daß der Mann Mitleid benötige.

»Ich rechnete damit, daß Sie gern mitkommen würden. Schließlich waren Sie sein Freund. Sie wollen ihm sicher die letzte Ehre erweisen.«

»Vielen Dank. Sie sagen es.« Norrichs blinde Augen waren feucht.

Als es draußen hell wurde, sagte Lucky zu Commander Donahue, bevor er sich den Helm aufsetzte: »Wir gehen jetzt zum letztenmal hinaus. Wenn wir wiederkommen, starten wir in Richtung auf Jupiter 9.«

»Gut«, sagte der Commander. Ihre Augen trafen sich wie in einem geheimen Einverständnis.

Lucky setzte den Helm auf. In einer anderen Ecke der Pilotenkanzel strichen Norrichs feinfühlige Hände sorgfältig über Mutts elastischen Raumanzug. Der Blinde vergewisserte sich, daß alle Verschlüsse gut gesichert waren. Durch das Blickfenster des merkwürdig geformten Helms sah man, wie Mutt zu bellen begann. Zu hören war nur wenig. Aber offensichtlich ahnte der Hund, daß es einen Ausflug in das Gebiet niedriger Schwerkraft geben sollte, und freute sich darauf.

*

Das erste Grab auf Io war errichtet. Sie hatten es mit Hilfe von Kraftfeldspaten aus dem harten und steinigen Boden ausgehoben. Danach hatten sie den Grabhügel mit Kieseln bedeckt und einen ovalgeformten Felsstein daraufgewälzt.

Die drei Männer standen um das Grab, während Mutt sich auf Wanderschaft begab. Vergebens versuchte er die Umgebung mit der Nase zu erforschen, wie er es gewöhnt war, denn Metall und Glas blockierten den Geruchssinn.

Bigman wartete gespannt. Er hatte bestimmte Anweisungen von Lucky erhalten, ohne über ihren Sinn aufgeklärt worden zu sein.

Norrich stand mit gesenktem Kopf da und sagte weich: »Hier ruht ein Mann, der einem großen Traum nachjagte und sich davon auf Irrwege leiten ließ. Jetzt hat er dafür bezahlt.«

»Er führte Aufträge der Sirianer aus«, fügte Lucky hinzu. »Das war sein Verbrechen. Er beging Sabotage und . . .«

Lucky machte eine bedeutungsvolle Pause, und Norrichs Haltung wurde steif. »Und was?« fragte er.

»Und er sorgte dafür, daß Sie an Bord des Raumschiffs kamen. Er lehnte es ab, ohne Sie auf die Reise zu gehen. Sie selber erzählten mir, daß Sie Ihre Teilnahme allein ihm verdankten.«

Luckys Stimme klang hart. »Sie sind ein Roboter-Spion der Sirianer! Ihre Blindheit machte sie für die anderen am Projekt Beteiligten unverdächtig. Aber Sie brauchten den Gesichtssinn gar nicht. Sie töteten den V-Frosch und deckten Summers, als er heimlich das Schiff verließ. Ihr eigener Tod bedeutete für Sie nichts, wenn es um die Ausführung von Befehlen ging, so wie es das dritte Gesetz vorschreibt. Und schließlich hielten Sie mich zum Narren, als der V-Frosch Ihre Gefühle abstrahlte. Es waren von den Sirianern eingebaute synthetische Gefühle!«

Das war das Stichwort, auf das Bigman gewartet hatte. Wild den Strahler schwingend, stürzte er auf Norrich los. Der wollte protestieren, brachte aber keinen zusammenhängenden Satz heraus.

Doch plötzlich verwandelte sich Mutt in einen Strich in der von blaßweißen Licht erhellten Landschaft. Wie ein Rasender galoppierte er die etwa 400 Meter, die er sich von den Männern entfernt hatte. Deutlich war zu sehen, daß er auf Bigman zurannte.

Bigman kümmerte sich nicht um ihn. Mit einer Hand packte er Norrich an der Schulter. Die andere schwang den Blaster über seinem Kopf.

Da brach Mutt plötzlich zusammen!

Er war noch drei Meter von dem kämpfenden Paar entfernt, als ihm die Beine den Dienst verweigerten. Er torkelte, fiel und rollte, aus vollem Lauf gerissen, an den Männern vorbei. Durch die Sichtscheibe des Helms sah man die offene Schnauze, als wäre sie mitten im Bellen versteinert.

Aber auch Bigman behielt wie erstarrt seine drohende Haltung gegen Norrich ein.

Schnellen Schritts ging Lucky auf das Tier zu. Mit der Kraftfeld-Schaufel, die er zum Messer umfunktionierte, schnitt er Mutts Raumanzug vom Hals bis zum Schwanz auf.

Und dann schnitt er durch die Haut am Nacken und tastete mit den behandschuhten Händen. Seine Finger schlossen sich um eine kleine Kugel, die nicht zum Knochengerüst gehörte. Er hob die Kugel und spürte Widerstand.

Lucky hielt den Atem an. Vorsichtig bog er die Drähte zurück, die die Kugel festhielten, und stand auf. Erleichtert holte er tief Atem, aber die Knie waren ihm weich geworden. Die Schädelbasis war der logische Platz, einen Mechanismus unterzubringen, der vom Gehirn aus aktiviert werden sollte. Jetzt stellte Mutt keine Gefahr mehr dar.

Norrich schrie auf, als spüre er instinktiv, daß er soeben einen Freund verloren hatte.

»Mein Hund! Was machen Sie mit meinem Hund?«

Lucky sagte begütigend: »Es ist kein Hund, Norrich. Es ist nie einer gewesen. Es war ein Roboter. Komm, Bigman, führe Norrich zum Schiff! Ich trage Mutt.«

Später waren Lucky und Bigman in Panners Kabine. Die *Jupitermond* war gestartet, und Io blieb schnell hinter ihnen zurück. Schon war er nur noch eine helle Münze am Himmel.

»Wodurch hat er sich verraten?« fragte Panner.

»Durch viele Anzeichen, die ich leider nicht erkannte«, antwortete Lucky ernst. »So viele Fingerzeige deuteten auf Mutt. Aber ich war so darauf fixiert, einen Roboter in Menschengestalt zu entlarven, daß ich die Wahrheit übersah, obwohl sie mir gleichsam ins Gesicht starrte.«

»Aber wann durchschauten Sie ihn?«

»In dem Augenblick, als sich Summers in selbstmörderischer Absicht vom Felsen stürzte. Ich sah ihn unten am Boden liegen, und mir fiel Bigman ein, wie er von dem

Bach aus Ammoniakschnee mitgerissen wurde und um ein Haar den Tod fand. Ich dachte: diesmal ist kein Mutt da, der ihn retten könnte ... Und da fiel es mir wie Schuppen von den Augen.«

»Aber wie? Ich begreife es nicht.«

»Wie hat denn Mutt Bigman gerettet? Als der Hund uns überholte, lag Bigman irgendwo unter dem Schnee begraben. Er war nirgends zu sehen. Aber Mutt warf sich hinein, fand Bigman ohne Suchen und zog ihn heraus. Wir dachten darüber nicht weiter nach. Irgendwie ist es für uns selbstverständlich, daß Hunde auch unsichtbare Objekte durch ihren Geruchssinn aufspüren. Aber Mutts Kopf war durch den Helm hermetisch abgeschlossen. Er konnte Bigman weder sehen noch riechen, und doch spürte er ihn ohne Schwierigkeit auf. Da hätten wir bereits erkennen müssen, daß hier eine ungewöhnliche Perfektionierung der Sinnesorgane im Spiele war. Genaue Einzelheiten darüber werden wir erfahren, wenn unsere Robotik-Experten den Kadaver obduzieren.«

»Jetzt da Sie es erklären«, meinte Panner, »leuchtet es mir ein. Der Hund mußte sich unweigerlich verraten, weil das erste Gesetz ihn zwang, einem Menschen Hilfe zu leisten, der in Lebensgefahr geraten war.«

»Das ist richtig«, sagte Lucky. »Nachdem mein Verdacht endlich auf Mutt gefallen war, wurden mir noch einige andere Vorgänge nachträglich klar. Summers hatte dafür gesorgt, daß Norrich an Bord kam. Aber dadurch kam automatisch Mutt mit. Außerdem war es Summers, der Norrich überhaupt erst den Hund beschafft hatte. Ich möchte annehmen, daß auf der Erde ein Spionagering existiert, dessen einzige Aufgabe es ist, Roboterhunde dort einzuschmuggeln, wo Menschen an geheimen Forschungsprojekten arbeiten.«

»Hunde«, dozierte Lucky, »sind die perfekten Spione. Wenn Sie einen Hund dabei überraschen, wie er Ihre Aufzeichnungen durchstöbert oder durch eine supergeheime Abteilung Ihres Labors wandert, machen Sie sich da Gedanken? Sie werden den Hund eher streicheln und ihm einen Hundekuchen geben. Ich habe Mutt oberflächlich untersucht. Es scheint, daß man ihm einen Subäther-Sender eingepflanzt hatte, durch den seine sirianischen Meister ständig mit ihm in Verbindung blieben. Sie sahen, was er sah. Sie hörten, was er hörte. Zum Beispiel sahen sie mit Mutts Augen den V-Frosch. Sie erkannten die Gefahr, die von ihm ausging, und befahlen Mutt, ihn zu töten. Sie befahlen ihm, mit einem Energieprojektor ein Türschloß zu zerstören. Selbst wenn er dabei ertappt worden wäre, hätten wir wahrscheinlich eine harmlose Erklärung gefunden: ein Hund spielt ahnungslos mit einer Waffe, die er gefunden hat.«

Lucky holte tief Atem, ehe er fortfuhr: »Aber nachdem mir das alles klar war, stand ich vor einem praktischen Problem. Ich mußte den Hund unversehrt in meine Gewalt bringen. Denn ich war sicher, daß jeder offen gezeigte Verdacht eine in seinem Körper verborgene Sprengladung auslösen würde. Deshalb schlug ich vor, Summers zu begraben. Auf diese Weise konnte ich Norrich und Mutt unter einem Vorwand in sichere Entfernung vom Schiff verfrachten. Wenn nun Mutt detonierte, würden wenigstens Agrav-Schiff und Besatzung heil davon kommen. Natürlich hinterließ ich einen Brief, den Commander Donahue im Falle meines Todes öffnen sollte. Darin empfahl ich dringend, daß von der Erde aus alle Hunde in Forschungszentren zu überprüfen seien. Dann überfiel ich Norrich mit heftigen Anklagen . . .«

»Bei den Sandstürmen des Mars«, platzte Bigman dazwischen, »eine Zeitlang glaubte ich, du meintest es wirklich im Ernst, daß Norrich den V-Frosch getötet und uns mit eingebauten synthetischen Gefühlen getäuscht habe.«

Lucky schüttelte den Kopf. »Nein, Bigman. Wenn er uns mit synthetischen Gefühlen aufs Glatteis führen konnte, war es ja unnötig, den V-Frosch zu töten. Nein, ich wollte nur sicherstellen, daß Sirianer, die mithörten, davon überzeugt wurden, ich sei auf dem falschen Dampfer. Und außerdem baute ich eine Situation auf, die Mutt in einen unlösbaren Konflikt stürzen sollte.«

Lucky lächelte. »Sehen Sie, auf meine Anweisung hin stürzte Bigman auf Norrich los. Mutt war darauf programmiert, seinen Herrn vor Angriffen zu schützen. Aber als Roboter mußte er auch dem zweiten Gesetz gehorchen. Normalerweise ergeben sich daraus keine Probleme. Es kommt selten vor, daß jemand einen Blinden körperlich angreift. Und fast immer läßt er davon ab, sobald der Führhund nur knurrt und die Zähne zeigt.«

Ernster werdend, schloß Lucky: »Aber Bigman tat, als wolle er Norrich wirklich an den Kragen. Und so mußte Mutt zum erstenmal in seinem Dasein den Herrn ernsthaft schützen. Aber wie sollte er das bewerkstelligen? Er durfte Bigman keinen Schaden zufügen – erstes Gesetz. Er durfte andererseits nicht zulassen, daß Norrich Schaden zugefügt wurde. Es war ein erstklassiges Dilemma, in dem er sich befand, und Mutt erlitt einen Kollaps. In diesem Zustand, so hatte ich von vornherein kalkuliert, konnte eine eingebaute Bombe nicht gezündet werden. Ich fand sie, entfernte sie, und wir waren in Sicherheit.«

Panner sog scharf den Atem ein. »Äußerst fein durchdacht.«

Lucky grunzte widerwillig. »Äußerst fein? Das hätte ich schon am Tag unserer Landung auf Jupiter 9 veranlassen können, aber irgendwie hatte ich meine fünf Sinne nicht beisammen. Dabei fiel mir damals die Lösung schon in den Schoß. Ich hatte den richtigen Gedanken. Nur entglitt er mir wieder.«

»Welcher Gedanke, Lucky? Ich weiß es immer noch nicht.«

»Die Sache war ganz einfach. Der V-Frosch entdeckte Gefühle bei Tieren ebenso wie bei Menschen. Das merkten wir schon kurz nach der Landung. Wir spürten den Heißhunger einer Katze. Kurz darauf lernten wir Norrich kennen, und er drängte dich, so zu tun, als wolltest du ihn schlagen, um Mutts Einsatzbereitschaft zu demonstrieren. Du bist darauf eingegangen. Der V-Frosch strahlte deine und Norrichs Gefühle dabei ab. Aber obwohl Mutt äußerlich erregt und wütend wirkte, konnte ich keine Gefühlsregung bei ihm entdecken. So frühzeitig hatte ich also bereits den endgültigen Beweis dafür in Händen, daß Mutt ohne Gefühle und daher ein Roboter war. Aber ich war überzeugt, daß der Roboter unbedingt ein menschliches Äußeres haben müsse, und so kam mir Mutts Entlarvung überhaupt nicht zu Bewußtsein . . . Ach, lassen Sie uns essen gehen! Unterwegs möchte ich Norrich besuchen und ihm einen anderen Hund versprechen. Einen richtigen Hund diesmal.«

Sie erhoben sich, und Bigman sagte: »Es hat zwar etwas lange gedauert, Lucky, aber auf jeden Fall haben wir die Sirianer endgültig gestoppt.«

»Gestoppt?« fragte Lucky ruhig. »Dessen bin ich nicht so sicher. Aber sicherlich haben wir sie vorübergehend zurückgeworfen.«

ENDE